진지함의 중요성

돋을새김 푸른책장 시리즈 035

진지함의 중요성

초판 발행 2023년 4월 5일

지은이 | 오스카 와일드
옮긴이 | 권혁
발행인 | 권오현

펴낸곳 | 돋을새김
주소 | 경기도 고양시 일산동구 하늘마을로 57-9 301호 (중산동, K시티빌딩)
전화 | 031-977-1854 팩스 | 031-976-1856
홈페이지 | http://blog.naver.com/doduls 전자우편 | doduls@naver.com
등록 | 1997.12.15. 제300-1997-140호
인쇄 | 금강인쇄(주)(031-943-0082)

ISBN 978-89-6167-335-8 (03840)
Korean Translation Copyright ⓒ 2023, 권혁

값 13,000원

돋을새김
푸른책장
시 리 즈
0 3 5

진지함의 중요성

오스카 와일드 지음 | **권혁** 옮김

돋을새김

* * *

나의 '사소한' 연극을 즐기시길 바랍니다.
나비들을 위해 나비가 쓴 작품입니다.

오스카 와일드(Oscar Wilde 1854~1900)

* * *

유럽사에서 19세기는 영국의 시대라 해도 과언이 아니다. 1837년부터 1901년까지 64년
동안 영국을 통치했던 여왕의 이름으로부터 '빅토리아 시대'라고 일컫는다. 앨버트 공과
결혼한 여왕과 자녀들의 사진은 당대의 도덕적인 결혼 생활의 상징으로 받아들여졌다.
그러나 외적인 예절과 태도는 진정한 인간성에서 멀어지게 하는 경향으로 나타나는 위장
의 풍속을 만들어냈다. 오스카 와일드의 희곡, 《진지함의 중요성》은 이러한 사회적 위선
을 풍자하는 작품이다.

* * *

메리온 스퀘어(Merrion Square)에 있는 오스카 와일드의 생가.
와일드는 9살이 될 때까지 집에서 교육을 받았다. 아일랜드 민족주의자이며, 시인이었던
어머니는 아들에게 아일랜드 시인들에 대한 사랑을 심어주었으며, 이 집은 당대의 유명
인사들이 보이는 문화적인 살롱의 역할을 했던 공간이었다.

* * *

《진지함의 중요성》은 오스카 와일드의 마지막 희곡이며 가장 유명한 대표작이다. 1895년 발렌타인 데이에 세인트제임스 극장에서 처음으로 공연되었다. 영국 빅토리아 시대의 귀족 사회를 풍자한 이 작품은 공연에 성공함으로써 오스카 와일드에게 최고의 찬사와 부를 안겨주었다. 그러나 동시에 유미주의적 태도에서 풍겨나오는 세기말적 퇴폐주의는 명성에 비례하여 사회적 반발과 논란거리가 되기도 했다. 초연 당시 잡지에 소개된 제3막의 스케치.

* * *

1881년 12월 24일, 오스카 와일드는 리버풀에서 배를 타고 미국으로 향했다. 길버트&설리
번의 최신 오페레타 〈Patience인내〉를 홍보하고 미국 전역에서 미학 강의를 하기 위한 여
행이었다. 그의 순회강연은 상업적인 성공을 거두며 4개월로 예정되어 있던 강연 일정은
1년으로 연장되었다. 샌프란시스코에서는 그를 보고 싶어 하는 수천 명의 사람들이 몰려
들었다. 풍자잡지인 〈더 와스프〉는 '현대의 메시아'라는 제목의 만화로 당시의 상황을 풍
자했다. 와일드 주변으로 미학 운동을 상징하는 꽃들인 해바라기와 백합이 눈길을 끈다.

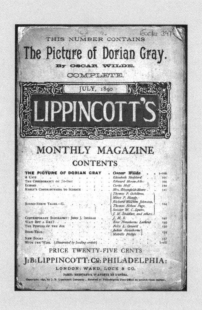

* * *

1890년에 발표된 오스카 와일드의 유일한 장편소설 〈도리언 그레이의 초상〉.

영원한 젊음을 위해 악마에게 영혼을 파는 줄거리는 퇴폐적인 분위기를 연상시켜 빅토리

시대의 영국인들에게 충격을 안겨 주었다.

* * *

1888년에 발표된 짧은 동화 《행복한 왕자》. 우리에게 가장 많이 알려진 오스카 와일드의 작품이다. 짧지만 완결된 서사로 너무나 아름다운 메시지를 전달한다.

* * *

나폴레옹 사로니

1882년 북미 순회강연이 시작될 무렵, 와일드의 매니저인 모스 대령은 당시 미국에서 가장 유명한 초상화 사진작가였던 나폴레옹 사로니Napoleon Sarony에게 홍보사진의 촬영을 의뢰했다.

촬영했던 와일드의 사진이 무분별하게 사용되자 사로니는 법원에 제소했으며, 1884년 대법원의 판결을 통해 세계 최초로 사진 저작권에 대한 법리를 확립하게 되었다.

* * *

나폴레옹 사로니가 촬영한 오스카 와일드의 사진들.

A THING OF BEAUTY NOT A JOY FOREVER.
Rise and Fall of a "Vera" Wilde Esthete.

* * *

미국의 주간잡지 〈Judge〉에 실린 만화.

(좌)순회강연에서 상업적인 성공을 거둔 와일드가 백합과 해바라기에 둘러싸여 금화를 밟고 서 있다. (우)하지만 다소 초라한 모습으로 뉴욕의 항구에서 짐을 싸들고 떠날 준비를 하고 있다. 상연에 실패한 와일드의 첫 번째 희극 〈베라, 또는 허무주의자〉의 포스터가 옆구리에 끼어 있다. 그의 작품은 1883년 8월에 뉴욕에서 무대에 올랐지만 일주일만에 막을 내려야 했다.

와일드가 가장 좋아했던 시인인 존 키츠의 '아름다운 것은 영원한 기쁨이다'로 시작하는 서사시 엔디미온Endymion을 패러디한 '영원한 기쁨이 아닌 아름다움'이라는 캡션이 달려 있다.

진지함의 중요성

진지한 사람들을 위한 사소한 코미디

The Importance of Being Earnest

A Trivial Comedy for Serious People

등장인물*

존 워딩 / 잭 John Worthing, J.P. 지역 치안판사

앨저넌 몽크리프 Algernon Moncrieff

채서블 Rev. Canon Chasuble, D.D. 참사회성당 사제, 신학박사

메리맨 Merriman, Butler 집사

레인 Lane, Manservant 하인

브랙널 부인 Lady Bracknell

그웬덜린 페어팩스 Hon. Gwendolen Fairfax

세실리 카듀 Cecily Cardew

미스 프리즘 Miss Prism, Governess 가정교사

* '부록 2 : 이 작품에 등장하는 이름과 호칭들'(193쪽) 참조

차례

제1막

무대

하프문 스트리트에 있는 앨저넌의 주택 거실. 거실은 호사스럽고 예술적으로 장식되어 있다. 옆방에서 피아노 소리가 들려온다. 레인이 식탁에 애프터눈 티(afternoon tea)를 준비하고 있다. 음악이 멈추고 잠시 후에 앨저넌이 들어온다.

앨저넌 레인, 내가 연주하는 것을 들었나?

레인 연주하시는 걸 듣는 건 예의 바른 태도가 아니라고 생각
　합니다.

앨저넌 그것 참, 자네에겐 유감스러운 일이로군. 난 정확하게
　연주하진 않지만 멋지게 표현해내거든. 정확한 연주는 누구
　나 할 수 있는 거잖아. 피아노에 관한한, 감성적인 세련된
　연주가 나의 강점이라 할 수 있지. 과학은 인생을 위해 아껴
　둬야지.

레인 그러셔야죠.

앨저넌 그런데, 인생의 과학에 대한 이야기가 나와서 하는 말인
데, 브랙널 부인께서 드실 오이 샌드위치는 준비해놓았나?

레인 그럼요.

쟁반 위에 놓인 샌드위치를 건넨다.

앨저넌 (꼼꼼히 살펴보고, 샌드위치 두 개를 들고 소파에 가서
앉는다.) 아참! … 그런데 말이야 레인, 쇼어맨 경과 워딩
씨가 나와 함께 저녁식사를 했던 목요일 밤의 장부를 봤더니
샴페인을 여덟 병이나 마신 것으로 되어 있더군.

레인 맞습니다. 샴페인 여덟 병과 맥주 1파인트였죠.

앨저넌 그런데 독신남자의 집에서 일하는 하인들은 왜 한결같
이 샴페인을 마시는 거지? 그냥 궁금해서 물어보는 거야.

레인 와인의 품질이 워낙 뛰어나서 그런 거지요. 제가 자주 눈
여겨본 바로는, 기혼자들의 집에서는 최상급의 샴페인을 마
시는 경우가 거의 없거든요.

앨저넌 맙소사! 결혼생활이 그렇게나 의기소침하게 만든다는 거야?

레인 결혼은 대단히 즐거운 상태라고 생각합니다. 저는 현재까지 결혼생활을 경험해본 적이 거의 없거든요. 딱 한번 결혼해본 적은 있었습니다. 그것도 저와 어린 여자 사이의 오해로 인한 것이었죠.

앨저넌 (시큰둥하게…) 레인, 내가 자네의 가정생활에 관심이 있는지 잘 모르겠는걸.

레인 그럼요. 별로 재미있는 이야기는 아니죠. 저도 관심을 가져본 적이 없거든요.

앨저넌 당연히 그렇겠지. 이제 됐네, 레인. 고마워.

레인 고맙습니다.

레인이 나간다.

앨저넌 레인의 결혼관은 약간 애매한 것 같군. 사실, 하층계급이 우리한테 훌륭한 모범을 보여주지 않는다면, 대체 그들을 무엇에 써먹으라는 거지? 저 사람들에겐 계급에 어울리는 도덕적 책임감이 전혀 없는 것 같아.

레인이 들어온다.

레인 어니스트 워딩 씨께서 오셨습니다.

잭이 들어온다.
레인이 나간다.

앨저넌 이보게 어니스트, 그동안 잘 지냈나? 시내에는 무슨 일로 온 거야?

잭 아, 그저 즐기러, 즐기려고 왔지! 그것 말고 어디인들 가야 할 이유가 있겠나? 앨지, 자넨 늘 먹고 있군!

앨저넌 (정색을 하며) 다섯 시에 간단한 식사를 하는 건 상류사회의 관습이잖아. 지난 목요일 이후엔 어디에 있었나?

잭 (소파에 앉으며) 시골에 있었지.

앨저넌 대체 거기에서 무슨 일을 하고 있는 거야?

잭 (장갑을 벗으며) 도시에 있을 때는 혼자 즐기는 것이고, 시골
    에 있을 땐 다른 사람들을 즐겁게 해주는 거지. 엄청나게 따
    분한 일이야.

앨저넌 그런데, 어떤 사람들을 즐겁게 해준다는 거야?

잭 (가볍게) 아, 이웃들이지. 이웃들 말이야.

앨저넌 슈롭셔에 좋은 이웃들이 있다는 거야?

잭 정말 끔찍하지! 난 아무에게도 말을 걸지 않거든.

앨저넌 자넨 그 사람들을 대단히 즐겁게 해주는군! (팔을 뻗어
    샌드위치를 집는다.) 어쨌든, 자네가 있는 시골이 슈롭셔가
    맞지?

잭 어디? 슈롭셔? 물론 그렇지. 이봐, 이 컵들은 다 뭐야? 웬
    오이 샌드위치야? 젊은 사람이 왜 이렇게 사치스럽게 사는

건가? 대체 누가 차를 마시러 오는 건데 그래?

앨저넌 아! 오거스타 이모와 그웬덜린이야.

잭 정말 즐거운 일이로군!

앨저넌 그렇지, 아주 기분 좋은 일이지. 그런데 오거스타 이모
는 자네가 여기에 있는 걸 그다지 좋아하실 것 같지 않은데.

잭 이유를 물어봐도 될까?

앨저넌 이보게, 자네가 그웬덜린하고 시시덕거리는 건 정말 꼴
불견이거든. 그웬덜린이 자네하고 시시덕거리는 것만큼이나
끔찍한 일이지.

잭 난 그웬덜린을 사랑한다네. 그녀에게 청혼하기 위해 일부러
도시에 온 거야.

앨저넌 난 자네가 그냥 즐기려고 온 것이라고 생각했는데? …
그런 업무가 있었구먼.

잭 자넨 정말 낭만을 모르는 사람이로군!

앨저넌 아니, 도대체 청혼에 무슨 낭만이 있단 말인가. 사랑에 빠지는 건 무척 낭만적이지. 하지만 구체적인 청혼에 낭만 따위는 전혀 없잖아. 허긴, 청혼이 받아들여지기는 하지. 일반적으로 그렇기는 하지만 그 후엔 가슴 뛸 일이 없잖아. 낭만의 본질은 불확실성이거든. 혹시라도 내가 결혼을 하게 된다면, 그 사실은 확실하게 잊으려고 노력할 걸세.

잭 앨지, 그것에 대해선 나도 아무런 이견이 없네. 이혼법정은 유별난 과거의 기억을 간직하고 있는 사람들을 위해 특별히 만들어진 거니까.

앨저넌 아! 그 주제에 대해선 깊게 생각할 필요도 없어. 이혼은 천국에서나 이루어지는 것이니까. (잭이 샌드위치를 집으려고 손을 뻗자, 앨저넌이 즉시 막는다.) 오이 샌드위치는 건드리지 말게. 오거스타 이모를 위해 특별히 준비시킨 거니까. (한 조각을 집어 들고 먹는다.)

잭 아니, 자네는 계속 먹고 있잖아.

앨저넌 그건 전혀 다른 문제야. 그분은 내 이모님이시거든. (밑에서 접시를 꺼낸다.) 자네는 버터 바른 빵이나 먹도록 해. 버터 바른 빵은 그웬덜린을 위해 준비한 거야. 그웬덜린은 버터 바른 빵을 무척 좋아하거든.

잭 (식탁으로 다가가 집어 먹으며) 빵이 아주 맛있네. 버터도 맛있고.

앨저넌 이보게 친구, 마치 다 먹어치울 것처럼 허겁지겁 먹을 필요는 없잖아. 자네는 이미 그웬덜린과 결혼이라도 한 것처럼 행동하는군. 아직 그애와 결혼한 것도 아니지만, 내 생각엔 앞으로도 그럴 것 같진 않은걸.

잭 대체 왜 그렇게 말하는 거야?

앨저넌 그건 말이야, 여자들은 절대로 함께 시시덕거리던 남자와 결혼을 하진 않기 때문이라는 것이 첫 번째 이유지. 옳지 않은 일이라고 생각하거든.

잭 정말 터무니없는 소리로군!

앨저넌 그렇지 않아. 오히려 심오한 진실이라 할 수 있지. 어디에서나 수많은 독신남자들을 볼 수 있는 이유를 설명해주거든. 두 번째 이유는 내가 동의하지 않는다는 것이라네.

잭 아니, 자네의 동의라니!

앨저넌 이보게, 그웬덜린은 내 사촌이야. 그러니 내가 결혼하는 걸 허락하기 전에, 세실리에 대한 의문을 깔끔하게 해소해야만 해. (벨을 울린다.)

잭 세실리라니! 대체 그게 무슨 소리야? 이보게 앨지, 세실리라니, 대체 무슨 소릴 하고 있는 거야! 나는 세실리라는 이름을 가진 사람은 아무도 몰라.

레인이 들어온다.

앨저넌 워딩 씨가 지난번에 여기서 저녁식사를 하고 흡연실에 놓고 간 담배 케이스를 가져오게.

레인 네, 알겠습니다.

레인이 나간다.

잭 자네가 내 담배 케이스를 계속 갖고 있었단 말이야? 나한테
　　알려주지 그랬어. 그것 때문에 런던 경찰국에 필사적으로 편
　　지를 써서 보냈고 거액의 현상금을 걸려던 참이었어.

앨저넌 자네가 현상금을 걸면 정말 좋겠군. 내가 요즘 평소보다
　　더 궁색하거든.

잭 물건을 찾았으니 이젠 거액의 현상금을 걸 필요는 없겠군.

레인이 담배 케이스를 얹은 쟁반을 들고 온다. 앨저넌이 그것
을 즉시 집어 든다. 레인이 나간다.

앨저넌 어니스트, 자네는 상당히 인색한 사람이로군. (담배 케
　　이스를 열고 찬찬히 살펴본다.) 어쨌든, 그건 상관없고, 지
　　금 여기 안쪽에 새겨져 있는 글씨를 보니 결국 이건 자네 것
　　이 아니야.

잭 그건 당연히 내 것이지. (그에게 다가선다.) 내가 가지고 있
　　는 걸 백번은 봤을 텐데. 게다가 그 안쪽에 무엇이 쓰여 있든

자네가 읽을 권리는 없어. 개인의 담배 케이스에 쓰여 있는 걸 읽는다는 건 정말 신사답지 못한 행동이야.

앨저넌 그것 참, 어떤 것을 읽어야만 한다거나 읽어서는 안 된다는 엄격한 규칙이 있다는 건 어리석은 일이지. 현대 문화의 반 이상이 읽어서는 안 된다는 책에 의존하고 있거든.

잭 그건 나도 잘 알고 있어. 내가 현대 문화에 대해 토론하자고 하는 건 아니잖아. 게다가 둘이서 할 얘기도 아니고. 난 그저 담배 케이스를 돌려받고 싶을 뿐일세.

앨저넌 알았어. 하지만 이건 자네의 담배 케이스가 아니야. 이건 세실리라는 어떤 사람이 선물로 준 것인데, 자네는 그런 이름을 가진 사람은 아무도 모른다고 했잖아.

잭 그것 참, 굳이 알고 싶다고 하니 말해주지. 세실리라는 분은 나의 이모님이셔.

앨저넌 자네의 이모님이라고!

잭 그래. 아름다운 노부인이시지. 턴브리지 웰스에서 살고 계신다네. 앨지, 이젠 그걸 돌려줘.

앨저넌 (소파 뒤로 도망치면서) 그런데 턴브리지 웰스에 사신다는 자네의 이모님이 왜 스스로를 조그만 세실리라고 부르는 거지? (읽으면서) '마음속 깊이 사랑을 담아 조그만 세실리가 드립니다.'

잭 (소파로 가서 그 위에 무릎을 꿇으며) 여보게, 대체 그 말이 어때서 그런가? 키가 큰 이모님도 있고 그렇지 않은 분도 있는 거지. 그런 건 당연하게도 이모님 스스로 결정하실 문제잖아. 세상의 모든 이모님이 자네의 이모님과 똑같아야 한다고 생각하는 것 같군! 그건 말도 안돼. 제발 내 담배 케이스를 돌려줘. (앨저넌의 뒤를 쫓아 방을 한 바퀴 돈다.)

앨저넌 알았어. 그런데 그 이모님은 왜 자네를 아저씨라고 부르는 거야? '마음속 깊이 사랑하는 조그만 세실리가 소중한 아저씨 잭에게.' 이모님이 자그마하신 분이라는 것은 인정하겠네. 하지만 키가 크든 작든 상관없이 왜 조카를 아저씨라고 부르는 것인지는 전혀 이해할 수가 없네. 게다가, 자네 이름은 잭이 아니고 어니스트(Ernest)잖아.

잭 내 이름은 어니스트가 아니라 잭이야.

앨저넌 자네는 나에게 줄곧 어니스트라고 말했잖아. 그래서 난
    주변 사람들에게 자네를 어니스트라고 소개했고. 내가 어니
    스트라고 부르면 대답도 했잖아. 게다가 자네는 어니스트라
    는 이름과 잘 어울리게 생겼거든. 내가 지금까지 본 사람들
    중에서 자네가 제일 어니스트답게 생긴 사람일세. 자네의 이
    름이 어니스트가 아니라고 말하는 건 정말 터무니없는 일이
    야. 명함에도 그렇게 쓰여 있잖아. 여기에도 그렇게 쓰여 있
    네. (담배 케이스에서 명함 한 장을 꺼내며) '미스터 어니스
    트 워딩, B. 4, 올버니.' 나에게는 물론이고 그웬덜린을 비롯
    한 다른 누군가에게 아니라고 할 때를 대비해서, 자네 이름
    이 어니스트라는 증거로 이걸 간직하고 있겠네. (명함을 호
    주머니에 집어넣는다.)

잭 그것 참, 도시에선 내 이름이 어니스트지만 시골에서는 잭
    이라네. 그리고 그 담배 케이스는 시골에서 받은 거야.

앨저넌 알겠어, 하지만 그것으로는 턴브리지 웰스에 사시는 자
    그마한 세실리 이모님이 자네를 소중한 아저씨라고 부른다
    는 사실만큼은 설명이 되질 않아. 이보게, 친구, 지금 즉시

다 밝히는 것이 훨씬 더 좋을 거야.

잭 이보게 앨지, 자네는 마치 치과의사처럼 말하는군. 치과의
사도 아닌 사람이 치과의사처럼 말하는 건 정말 저속한 일이
야. 경솔하다는 인상을 주거든.

앨저년 그것 참, 그것이 바로 언제나 치과의사들이 말하는 방
식이야. 자, 이제 하던 이야기나 계속해봐! 나한테 모두 털
어놓으라구! 나는 늘 자네가 상습적이고 은밀한 번버리스트
(Bunburyist)*일 거라고 의심해왔고, 지금은 확신하게 되었다
는 걸 말해주고 싶군. *이 작품에서 비롯된 번버리는 외출이나 책임회피
를 위한 얼토당토 않은 구실이라는 뜻의 단어로 사전에 등재되었다._역자 주

잭 번버리스트? 도대체 번버리스트가 무슨 소리야?

앨저년 자네가 도시에선 어니스트이지만 시골에서는 잭이 되는
이유를 알려준다면 즉시 그 멋진 표현의 의미를 알려주도록
하지.

잭 그것 참, 먼저 내 담배 케이스나 돌려주게.

앨저넌 자, 여기 있네. (담배 케이스를 건네준다.) 마치 절대로 일어날 수 없는 일이라도 일어났던 것처럼 그 이유를 설명해 보게나.

소파에 앉는다.

잭 이보게 친구, 내 설명에 기상천외한 일 같은 건 전혀 없어. 실제로는 지극히 평범한 일이거든. 노년에 어린 나를 입양했 던 토머스 카듀 씨가 유서에서 손녀인 세실리 카듀 양의 후 견인으로 나를 지정했네. 자네는 전혀 이해할 수 없겠지만 세실리는 존경의 표현으로 나를 아저씨라고 부르지. 세실리 는 뛰어난 가정교사인 미스 프리즘의 보호를 받으며 시골에 있는 내 집에서 살고 있다네.

앨저넌 그렇다면, 그 시골집은 어디에 있나?

잭 이보게, 그건 자네와는 아무런 상관도 없는 일이야. 자네를 초대할 일은 없을 테니까… 그 장소가 슈롭셔가 아니라는 건 솔직하게 말해줄 수 있지.

앨저넌 이봐, 바로 그걸 의심했던 거야! 내가 두 번이나 슈롭셔를 샅샅이 돌면서 번버리를 다녔던 적이 있었거든. 자, 계속 말해봐. 도시에서는 왜 어니스트이고 시골에서는 잭이 되는 거지?

잭 이보게 앨지, 그렇게 하는 진짜 이유를 자네가 이해할 수나 있을지 모르겠군. 자넨 진지한 사람이 아니잖아. 후견인이 된 사람은 모든 문제에서 지극히 도덕적인 태도를 보여야 한 다네. 그렇게 하는 것이 의무인 셈이지. 지극히 도덕적인 태 도가 건강이나 행복에 도움이 된다고 말할 수는 없잖아. 그 러니 런던에 오기 위해선 언제나 곤경에 빠져 있는 어니스트 라는 동생이 올버니에 살고 있다는 거짓말을 했던 거지. 앨 지, 이건 모두 순수하고 단순한 진실이라네.

앨저넌 진실이 순수하고 단순한 경우는 거의 없어. 만약 진실이 순수하고 단순하다면 현대인의 생활은 엄청 지루할 것이고, 현대 문학은 완전히 불가능하지!

잭 그렇다면 전혀 나쁜 일만은 아니로군.

앨저넌 이보게 친구, 문학비평은 자네의 특기가 아니잖아. 시도 조차 하지 말게. 그건 대학엘 가본 적도 없는 사람들에게나

맡겨두게. 그런 사람들이 일간신문에서 잘 하고 있지 않나. 내가 자네를 번버리스트라고 했던 건 지극히 옳은 판단이군. 자네는 내가 알고 있는 번버리스트들 중에서도 가장 앞서가는 사람이야.

잭 대체 그게 무슨 뜻이야?

앨저넌 자네는 마음 내킬 때마다 런던에 올 수 있도록 어니스트라는 대단히 유용한 동생을 만들어냈잖아. 나는 언제든 시골에 내려갈 수 있도록 번버리라는 매우 귀중한 불치병 환자를 만들어냈거든. 번버리는 대단히 소중한 존재야. 예를 들어, 번버리의 건강이 유난히 나쁘지 않았다면, 오늘 밤 자네와 윌리스 레스토랑에서 저녁 식사를 함께 할 수도 없을 거야. 오거스타 이모와 일주일 이상 약속이 잡혀 있기 때문이지.

잭 난 오늘 밤 서녁 식사를 함께 하자고 부탁한 적이 없는데.

앨저넌 알고 있어. 자네는 초대장을 보내는 것에 대해선 전혀 무관심하지. 그건 대단히 어리석은 일이야. 초대장을 못 받는 것만큼 짜증나는 일은 없거든.

잭 오거스타 이모님과 저녁 식사를 하는 편이 훨씬 더 좋잖아.

앨저넌 난 그런 일은 하고 싶은 마음이 조금도 없어. 무엇보다
월요일에 그곳에서 저녁을 먹었고, 게다가 친척들과는 일주
일에 한번 정도 식사를 하는 것으로 충분하거든. 두 번째로
는, 그곳에서 식사를 할 때마다 언제나 가족의 일원으로 취
급받는다는 것이고, 여자가 아무도 없거나 두 명이 있거나
상관없이 파트너 역할을 해야만 한다는 거지. 세 번째는, 이
모님이 오늘 밤 나를 누구 옆에 앉게 할지 뻔하다는 거야. 줄
곧 식탁 맞은편에 앉아 있는 자기 남편과 시시덕거리는 메리
파커 옆에 앉힐 거야. 전혀 기분 좋은 일은 아니지. 심지어
품위 없는 일이기도 하거든… 그런데 그런 식의 일들이 엄청
나게 늘어나고 있다는 거야. 자기 남편과 시시덕거리는 런던
의 부인네들이 많다는 건 정말 부끄러운 일이지. 너무 보기
싫어. 깨끗한 속옷을 남들 앞에서 공공연히 빨래하는 일이거
든. 게다가 이젠 자네가 번버리스트라는 것을 알게 되었으
니, 자연스럽게 자네에게 번버링(Bunburying)에 대해 말해주
고 싶어. 그 규칙들을 알려주고 싶단 말이야.

잭 나는 절대 번버리스트가 아니야. 그웬덜린이 내 청혼을 받
아준다면, 동생은 없애버리려고 해. 사실, 어떤 경우이든 없

애버릴 거야. 세실리가 조금은 지나치다 싶을 정도로 동생한 테 관심을 갖고 있거든. 상당히 성가신 일이지. 그래서 어니스트를 없애려는 거야. 그 우스꽝스러운 이름을 가진 자네의 아픈 친구인 그… 아무개 씨도 없애버리라고 강력히 충고하겠네.

앨저넌 그 어떤 일도 번버리와 헤어지게 만들지는 못할 거야. 내겐 결혼이 지극히 미심쩍은 일로 보이는데, 만약 자네가 결혼을 하게 된다면, 번버리에 대해 알게 되는 걸 무척 기뻐할 걸세. 번버리를 모르는 채로 결혼한 사람은 정말 지루한 시간을 보내게 될 거야.

잭 그건 터무니없는 소리야. 그웬덜린은 내가 지금까지 보았던 여성 중에서 유일하게 결혼하고 싶은 사람인데, 그녀처럼 매력적인 여성과 결혼하게 된다면 당연히 번버리 같은 건 알고 싶시노 않을 설세.

앨저넌 그렇다면 자네의 아내가 알고 싶어 하게 될 거야. 결혼 생활에서 세 명은 좋은 동반자가 되지만 두 명은 그렇지 않다는 걸 모르는 것 같군.*둘이면 친구, 셋이면 남이 된다는 속담을 활용한 말장난._역자 주

잭 (점잔을 빼며) 나의 소중한 젊은 친구, 그건 퇴폐적인 프랑스 연극에서 지난 50년 동안 내세웠던 이론이잖아.

앨저넌 그렇지. 그리고 지난 25년 동안 행복한 영국 가정에서 증명된 이론이기도 하지.

잭 맙소사, 그렇게 비꼬려고 하지 말게. 비꼬는 것만큼 쉬운 일은 없잖아.

앨저넌 이보게 친구, 요즘에는 쉽게 되는 일은 전혀 없어. 엄청난 경쟁이 벌어지고 있거든. (벨 소리가 들린다.) 아! 오거스타 이모님이 오셨군. 바그너풍으로 벨소리를 울리는 건 친척이나 채권자들뿐이 없거든. 자네가 그웬덜린에게 청혼할 수 있도록 내가 이모님과 함께 10분 동안 자리를 비켜준다면, 오늘 밤 윌리스 레스토랑에서 함께 저녁을 할 수 있겠지?

잭 자네가 원한다면 그럴 수도 있겠지.

앨저넌 좋아. 하지만 진지하게 처신해야 하네. 난 식사를 진지하게 생각하지 않는 사람들이 정말 싫거든. 그건 참 경박한 태도야.

레인이 들어온다.

레인 브랙널 부인과 페어팩스 양께서 오셨습니다.

앨저넌이 그들을 맞이하러 나간다. 브랙널 부인과 그웬덜린이 들어온다.

브랙널 부인 잘 있었니, 앨저넌, 네가 예절바르게 행동했으면 좋겠구나.

앨저넌 오거스타 이모, 전 몸 상태가 아주 좋아요.

브랙널 부인 그건 완전히 별개의 문제잖니. 사실 그 두 가지가 어울리는 경우는 기의 없이.

잭을 보고 쌀쌀맞게 인사한다.

앨저넌 (그웬덜린에게) 오 이런, 오늘 참 산뜻하구나!

그웬덜린 난 언제나 산뜻해! 워딩 씨, 그렇지 않나요?

잭 완벽합니다, 페어팩스 양.

그웬덜린 오! 완벽하진 않았으면 좋겠어요. 그러면 발전할 여지
  가 없잖아요. 전 여러 방면에서 발전하고 싶거든요.

그웬덜린과 잭이 함께 구석 자리에 앉는다.

브랙널 부인 앨저넌, 우리가 조금 늦은 거라면 미안하구나. 하버
  리 부인의 집을 꼭 들러야만 했거든. 불쌍한 그분의 남편이
  돌아가신 후로는 한번도 찾아뵌 적이 없었어. 여태까지 그렇
  게 외모가 확 변해버린 여자는 본 적이 없어. 이십년은 더 젊
  게 보이더라. 자, 이제 차를 한 잔 마시고 네가 준비하겠다
  고 약속한 맛있는 오이 샌드위치를 먹도록 하자.

앨저넌 그러셔야죠, 오거스타 이모. (탁자로 간다.)

브랙널 부인 그웬들런, 이리 와서 앉지 그러니?

그웬들런 괜찮아요, 엄마, 여기가 아주 편해요.

앨저넌 (기겁을 하며 빈 접시를 들어올린다.) 아니, 이런! 레인! 어째서 오이 샌드위치가 하나도 없는 거지? 내가 특별히 준비하라고 했을 텐데.

레인 (근심어린 목소리로) 오늘 아침에 시장에 갔는데 오이가 없었습니다. 제가 두 번이나 갔었거든요.

앨저넌 오이가 없다고!

레인 그렇습니다. 현금으로도 살 수가 없었습니다.

앨저넌 알았어, 레인, 고마워.

레인 고맙습니다.

밖으로 나간다.

앨저넌 오거스타 이모, 오이가 없어서 현금으로도 살 수가 없었다니, 정말 난감한 일이네요.

브랙널 부인 앨저넌, 난 괜찮다. 하버리 부인과 핫케이크를 좀 먹었단다. 그분은 이제 완전히 즐기면서 살려고 하는 것 같더구나.

앨저넌 슬픔 때문에 머리카락이 완전히 금발로 변했다는 이야기는 들었어요.

브랙널 부인 머리카락 색깔이 변한 건 분명하지. 물론 원인은 정확히 알 수는 없지만 말이다. (앨저넌이 다가가서 차를 건넨다.) 고맙다. 오늘 밤엔 내가 너를 특별히 대접해줄게. 네가 메리 파커와 함께 앉도록 할 거야. 정말 훌륭한 여자야. 남편을 세심하게 대하거든. 그 두 사람을 보고 있는 건 즐거운 일이지.

앨저넌 그런데, 제가 오늘 밤에는 저녁식사를 함께할 수 없을 것 같아요.

브랙널 부인 (얼굴을 찌푸리며) 앨저넌, 그러면 안되는데… 그렇게 되면 내가 마련한 저녁식사 자리가 엉망이 되고 말 거야. 너의 이모부는 이층에서 식사를 해야 할 거구. 다행히 그 양반은 그렇게 하는데 익숙해져 있긴 하지만.

앨저넌 곤란한 일이라는 건 말할 필요도 없겠지요. 저에게도 매
우 실망스러운 일이지만, 사실은 저의 불쌍한 친구인 번버리
가 또 매우 아프다는 전보를 받았거든요. (잭과 서로 눈짓을
교환하면서) 그 친구와 함께 있어야만 할 것 같아요.

브랙널 부인 그것 참 이상한 일이구나. 그 번버리 씨는 묘하게도
건강이 나빠 고생을 하는 것 같구나.

앨저넌 그렇죠. 불쌍한 번버리는 심각한 환자거든요.

브랙널 부인 앨저넌, 내 생각으론 지금이 번버리 씨가 계속 살
것인지 죽을 것인지를 결정해야 할 때라는 것만은 말해야겠
구나. 그 문제로 우물쭈물하는 건 어리석은 일이지. 게다가
요즘처럼 환자를 동정하는 건 절대로 동의할 수 없구나. 그
건 병적인 태도야. 어떤 병이든지 다른 사람들이 권할 만한
병은 전혀 없어. 건강은 인생의 가장 중요한 의무거든. 너의
불쌍한 이모부에게도 늘 그렇게 말하지만, 상태가 조금이라
도 좋아지고 있는 동안에는 전혀 신경을 쓰지 않는 것 같구
나. 번버리 씨한테 토요일에는 병이 재발하지 않도록 해달라
고 나 대신 부탁해주면 고맙겠구나. 네가 준비해주는 음악

이 내겐 중요하거든. 오늘은 나의 마지막 리셉션이고, 대화를 활발하게 만들어줄 만한 것이 있어야 해. 특히 사교시즌이 끝날 때는 모두가 어떤 말이든 한마디씩 해야 하는데 말이다. 대부분의 대화가 별 내용이 없긴 하지만.

앨저넌 오거스타 이모, 번버리가 아직 의식이 있다면 말해 볼게요. 제 생각에 토요일까지는 좋아질 거라고 약속할 수 있을 것 같아요. 물론 음악 준비는 엄청나게 어려운 일이에요. 아시다시피, 연주를 잘하면 사람들은 듣지를 않고, 연주가 엉망이면 대화를 하지 않잖아요. 잠시 옆방으로 자리를 옮기시면 제가 준비한 연주곡목을 짧게 설명해 드릴게요.

브랙널 부인 고맙구나, 앨저넌. 너는 참 사려깊은 아이로구나. (자리에서 일어나 앨저넌을 따라간다.) 몇 곡만 빼버린다면 연주곡목은 참 좋을 것 같구나. 프랑스 노래들은 하지 않는 것이 좋겠구나. 사람들은 언제나 프랑스 노래들이 음란하다고 생각하는 것 같거든. 저속하면 충격을 받지만, 그보다 더 저질이면 웃어버리지. 하지만 독일어는 더할 나위 없이 훌륭한 언어야. 실제로 난 그렇게 생각해. 그웬덜린, 나와 함께 가자.

그웬덜린 그래요, 엄마.

브랙널 부인과 앨저넌은 음악실로 들어선다. 그웬덜린은 뒤에 남아 있다.

잭 페어팩스 양, 오늘은 날씨가 참 좋군요.

그웬덜린 워딩 씨, 제발 날씨 이야기는 하지 마세요. 사람들이 나한테 날씨 이야기를 할 때마다, 언제나 분명 뭔가 다른 의미가 있는 거라고 느끼거든요. 그래서 신경을 거슬리게 한단 말이에요.

잭 사실은 다른 이야기를 하려던 것이었어요.

그웬덜린 내 생각이 맞았군요. 사실, 제가 틀렸던 적은 없죠.

잭 브랙널 부인께서 잠시 안 계시는 틈에 드릴 말씀이 있습니다만…

그웬덜린 물론이죠. 말씀하셔도 돼요. 엄마는 갑자기 방으로 다시 돌아오는 습관이 있어서 자주 그 문제에 대해 말해주곤

한답니다.

잭 (불안해하면서) 페어팩스 양, 당신을 처음 만난 이후로 그 어떤 여성보다 더… 처음으로 당신을 만난 이후로… 지금까지 당신을 사모해 왔습니다.

그웬덜린 그래요. 저도 그건 잘 알고 있어요. 그래서 당신이 공개적으로 더 적극적으로 표현해주길 바라거든요. 저에겐 당신이 늘 매력적인 사람이에요. 심지어 당신을 만나기 전에도 당신에게 관심이 많았거든요. (잭은 깜짝 놀라며 그녀를 바라본다.) 워딩 씨도 아시겠지만, 우리는 이상의 시대에 살고 있잖아요. 사치스러운 월간지들이 그 사실을 끊임없이 언급하고 있고, 이젠 지방의 종교계에도 널리 퍼지고 있다고 들었어요. 제 이상은 언제나 어니스트라는 이름을 가진 사람과 사랑하는 것이었어요. 그 이름은 완전무결한 확신을 느끼게 해주거든요. 앨저넌이 저에게 어니스트라는 친구가 있다고 처음 말했던 그 순간에 나는 당신을 사랑하게 될 명이었던 거죠.

잭 그웬덜린, 정말 저를 사랑하시나요?

그웬덜린 열렬히 사랑하지요!

잭 내 사랑! 지금 당신이 나를 얼마나 행복하게 만드는지 모를
   겁니다.

그웬덜린 내 사랑 어니스트!

잭 그런데 내 이름이 어니스트가 아니라면 나를 사랑할 수 없
   다는 그런 말은 아니지요?

그웬덜린 하지만 당신의 이름은 어니스트잖아요.

잭 맞아요. 나도 알고 있어요. 하지만 만약 다른 이름이라면 어
   찌되나요? 나를 사랑할 수 없다는 뜻인가요?

그웬덜린 (별나른 생각 없이) 아! 그건 지극히 추상적인 생각일
   뿐이에요. 우리가 익히 알고 있듯이, 추상적인 생각들은 대
   부분이 실생활의 구체적인 사실과는 전혀 관계가 없지요.

잭 내 사랑, 솔직히 말해서, 나는 어니스트라는 이름엔 그다지
   관심이 없거든요… 그 이름이 나한테는 전혀 어울리지 않는

다고 생각해요.

그웬덜린 당신에게 가장 잘 어울리는 이름이에요. 아주 멋진 이
름이잖아요. 그 이름만의 음악이 있어요. 감성적인 분위기를
만들어내거든요.

잭 그런데 그웬덜린, 사실 훨씬 더 멋진 이름들도 많잖아요. 예
를 들자면, 잭이라는 이름은 매력적이잖아요.

그웬덜린 잭이요? … 아니에요. 잭이라는 이름엔 전혀 음악이
없어요. 짜릿하지도 않고, 감성적인 분위기도 전혀 만들어내
지 못해요. … 잭이라는 사람을 몇 명 알고 있는데, 모두 예
외 없이, 평범하다고 할 수도 없을 정도예요. 게다가, 잭은
집에서 존을 부를 때 사용하는 이름으로 유명하잖아요. 나는
존이라는 남자와 결혼한 여자는 모두 딱하다고 생각하거든
요. 한순간의 고독이라는 매혹적인 즐거움도 절대로 누릴 수
없을 테니까요. 가장 믿을 만한 이름은 오직 어니스트뿐이에
요.

잭 그웬덜린, 내가 당장 세례를 받아야겠네요. 그러니깐… 당
장 결혼을 해야겠다는 뜻입니다. 머뭇거릴 시간이 없군요.

그웬덜린 워딩 씨, 결혼이라구요?

잭 (깜짝 놀라며) 그러니까… 맞습니다. 페어팩스 양, 내가 당
   신을 사랑하고 있다는 걸 당신이 알고 있고, 당신도 나에게
   무관심하지 않다는 걸 믿게 해주셨잖아요.

그웬덜린 당신을 사모해요. 하지만 아직 저에게 청혼을 하지 않
   았잖아요. 그동안 결혼에 대해선 아무 말도 없었구요. 심지
   어 그 문제에 대해선 언급해본 적도 없잖아요.

잭 그렇다면… 지금 청혼을 하면 될까요?

그웬덜린 지금이 가장 좋은 기회일 것 같아요. 그리고 워딩 씨,
   혹시라도 당신을 실망시키지 않도록 말씀드리자면, 내가 당
   신을 받아들이기로 결심했다는 것을 미리 솔직하게 말씀드
   리는 것이 당연하다고 생각해요.

잭 그웬덜린!

그웬덜린 네, 워딩 씨, 저에게 하고 싶으신 말씀이 있나요?

잭 내가 당신에게 어떤 말을 할지 알고 있잖아요.

그웬덜린 알아요, 하지만 그 말을 하진 않았잖아요.

잭 그웬덜린, 나와 결혼해 주시겠습니까?

무릎을 꿇는다.

그웬덜린 물론이죠, 내 사랑. 얼마나 오랫동안 준비하신 건가
요! 당신이 청혼하는 방법을 모를 것 같아 조마조마했어요.

잭 나의 소중한 사람, 지금까지 당신 외에는 사랑한 사람이 없
었어요.

그웬덜린 알아요. 하지만 남자들은 종종 연습 삼아 청혼을 하잖
아요. 내 오빠인 제럴드가 그러거든요. 내 여자친구들도 모
두 그렇게 말하죠. 어니스트, 당신의 눈은 놀랄 정도로 푸르
군요. 무척 푸른색이네요. 당신이 언제나 그런 눈으로, 특히
다른 사람들과 있을 때, 나를 바라보면 좋겠어요.

브랙널 부인이 들어온다.

브랙널 부인 워딩 씨! 그런 어정쩡한 포즈는 당장 치우고 일어나
　　세요. 매우 보기 흉하군요.

그웬덜린 엄마! (잭이 일어서려 하자, 그웬덜린이 제지한다.) 엄
　　마, 제발 비켜주세요. 여긴 엄마가 있을 자리가 아니에요.
　　게다가, 워딩 씨는 아직 다 끝내지도 못했어요.

브랙널 부인 대체 무엇을 끝낸다는 거냐?

그웬덜린 엄마, 나 워딩 씨와 약혼했어요.

그들이 함께 일어난다.

브랙널 부인 미안하지만, 너와 약혼한 사람은 아무도 없어. 네가
　　어떤 사람과 약혼을 하게 된다면, 나나, 건강이 허락한다면,
　　너의 아버지가, 그 사실을 너에게 알려줄 거다. 그 사실이
　　유쾌하든 불쾌하든, 젊은 처녀에게 약혼은 놀라운 일이 되어
　　야 하는 거야. 혼자서 정할 수 있는 일일 수는 없거든. 워딩
　　씨, 몇 가지 질문할 것이 있어요. 그웬덜린, 내가 이 질문을

하는 동안, 너는 저 아래 마차 안에서 기다리고 있거라.

그웬덜린 (책망하는 듯이) 엄마!

브랙널 부인 그웬덜린, 마차에 가 있도록 해라! (그웬덜린이 문
   으로 다가간다. 그웬덜린과 잭은 브랙널 부인의 등 뒤에서
   서로에게 손 키스를 보낸다. 브랙널 부인은 그 소리가 무엇
   인지 알 수 없다는 듯 멍한 표정으로 두리번거린다. 마침내
   돌아선다.) 그웬덜린, 마차에 가 있으라구!

그웬덜린 알았어요, 엄마. (잭을 뒤돌아보면서 밖으로 나간다.)

브랙널 부인 (자리에 앉으며) 워딩 씨, 자리에 앉아도 돼요.

주머니 속에서 수첩과 연필을 찾는다.

잭 고맙습니다, 브랙널 부인, 저는 그냥 서 있겠습니다.

브랙널 부인 (연필과 수첩을 손에 들고 있다.) 이것만은 말하지
   않을 수가 없군요. 나는 볼튼 공작부인과 똑같은 명단을 갖
   고 있지만, 결혼상대로 적당한 청년들의 명단에 당신의 이

름은 없거든요. 사실, 우리는 그 명단을 함께 작성하고 있어요. 하지만, 정말로 사랑이 넘치는 엄마가 듣고 싶어 하는 대답을 한다면, 당신의 이름을 즉시 명단에 넣도록 하겠어요. 담배는 피우나요?

잭 음, 그렇습니다. 솔직히, 담배를 피웁니다.

브랙널 부인 그것 참 잘되었군. 남자는 언제나 어떤 일이든 해야만 하거든요. 지금 런던에는 게으른 남자들이 너무나 많아요. 나이는 몇 살인가요?

잭 스물아홉 살입니다.

브랙널 부인 결혼하기에 아주 좋은 나이로군요. 결혼하기 원하는 남자라면 모든 것을 다 알거나, 아무것도 몰라야 한다는 것이 내 지론입니다. 당신은 어느 쪽인가요?

잭 (잠시 망설이다가) 전 아무 것도 모릅니다. 브랙널 부인.

브랙널 부인 그 말을 들으니 반갑군요. 타고난 무지에 개입하는 것이 있다면 그 어떤 것도 용납할 수 없지요. 무지란 이국적인 과일과 같아서 만지면 즉시 신선함이 사라지거든요. 현대의 교육이론은 모두 근본적으로 불합리해요. 어쨌든 다행히도 영국에서는 교육이 아무 효과도 없지요. 만약 효과가 있었다면, 상류계급에겐 심각한 위협이 되었을 것이고, 아마 그로브너 광장에선 폭력적인 일들이 일어나게 됐을 거예요. 수입은 얼마나 되나요?

잭 일년에 7천에서 8천 사이입니다.

브랙널 부인 (수첩에 적는다.) 토지인가요? 아니면 투자에서 버는 건가요?

잭 주로 투자에서 법니다.

브랙널 부인 만족스럽군요. 살아 있는 동안에 요청되는 의무와 사망 후에 강요되는 의무 때문에 토지는 더 이상 이익이나 즐거움이 되지 않거든요. 토지는 사람에게 높은 지위를 주면서도 그것을 유지하지는 못하게 만들거든요. 그것이 토지에 대해 말할 수 있는 모든 것이에요.

잭 저에겐 약간의 토지와 시골집이 있습니다. 당연히 그 토지는 집에 딸려 있는 것이고, 대략 1500에이커쯤 되는 것 같습니다. 실질적인 소득을 토지에 의존하지는 않지요. 제 생각엔, 그 토지에서는 사실 밀렵꾼들이나 이익을 보고 있죠.

브랙널 부인 시골집이라! 침실은 몇 개나 있나요? 아니, 그 문제는 나중에 알아도 되겠군요. 도시에도 집은 있겠지요? 그웬덜린처럼 순진하고 때 묻지 않은 젊은 여자가 시골에서 살게 되는 건 생각하기 어렵잖아요.

잭 네, 벨그라브 광장에 집이 있긴 하지만, 불록스햄 부인이 일 년씩 세를 들어 살고 있습니다. 물론, 6개월 전에 통보하면 언제든 집을 돌려받을 수 있습니다.

브랙널 부인 블록스햄 부인이라고요? 난 모르는 사람인데.

잭 아, 그분은 바깥줄입을 거의 하지 않으세요. 나이가 상당히 많으신 분이거든요.

브랙널 부인 아, 요즘에는 나이가 고결한 인품을 보증하지는 않지요. 벨그라브 광장의 몇 번지인가요?

잭 149번지입니다.

브랙널 부인 (고개를 가로저으며) 유행에 뒤떨어진 지역이군요.
    무언가 미심쩍다고 생각했어요. 하지만 그건 쉽게 변할 수도
    있는 거지요.

잭 유행이 변한다는 건가요, 아니면 지역이 변한다는 건가요?

브랙널 부인 (단호하게) 필요하다면, 둘 다 변할 수 있겠지요. 정
    치적 성향은 어떤가요?

잭 글쎄요, 저는 아무 쪽에도 속하지 않는 것 같습니다. 전 자
    유통일당원입니다.

브랙널 부인 오, 그러면 토리당원이라 생각할 수 있겠군요. 그
    사람들은 우리와 함께 식사를 하지요. 아니면, 어쨌든 저녁
    에는 들르지요. 이제 사소한 문제들을 물어보죠. 부모님은
    살아 계시나요?

잭 두 분 다 잃었습니다.

브랙널 부인 워딩 씨, 한 분만 돌아가신 것은 불운하다고 생각할 수 있겠지만 두 분 다 돌아가셨다니 조심성이 없어 보이는군요. 아버님은 어떤 분이셨나요? 분명 재산이 많으셨을 것 같군요. 급진파 신문들이 말하는 상업의 제왕이셨나요, 아니면 귀족계급 출신이셨나요?

잭 제가 정확히는 모릅니다. 브랙널 부인, 사실 제가 부모님을 잃었다고 말씀을 드렸잖아요. 오히려 부모님이 저를 잃어버렸던 것 같다고 말씀드리는 편이 더 사실에 가까울 것 같습니다. … 실제로 제가 어느 가문에서 태어났는지 모릅니다. 저는… 그러니깐, 누군가가 저를 발견했거든요.

브랙널 부인 발견했다고요!

잭 매우 자애롭고 친절한 성품이셨던 토머스 카듀 씨가 저를 발견해서 워딩이라는 이름을 수셨거든요. 당시에 그분 주머니에 워딩으로 가는 일등기차표가 있었기 때문이었죠. 워딩은 서섹스 주에 있는 곳입니다. 바닷가의 휴양지이지요.

브랙널 부인 바닷가 휴양지로 가는 일등기차표를 갖고 있었던 그 자애로우신 신사분은 당신을 어디에서 발견했나요?

잭 (침통한 표정으로) 핸드백이었죠.

브랙널 부인 핸드백이라고요?

잭 (매우 진지하게) 그렇습니다, 브랙널 부인. 사실 저는 평범
한 핸드백 속에 있었습니다. 손잡이가 달린 조금 커다란 검
정 핸드백이었죠.

브랙널 부인 제임스 씨, 아니, 그 토머스 카듀 씨가 그 평범한 핸
드백을 어디에서 발견했다는 건가요?

잭 빅토리아 역의 수하물 보관소였습니다. 그분 것인 줄 알고
실수로 그 핸드백을 내주었다고 하더군요.

브랙널 부인 빅토리아 역의 수하물 보관소라고요?

잭 네. 브라이튼 노선이죠.

브랙널 부인 노선은 중요하지 않아요. 워딩 씨, 지금 그 얘기를
들으니 솔직히 당황스럽군요. 손잡이가 있든 없든, 핸드백에

서 태어났거나, 적어도 그곳에서 자랐다는 건 가정생활의 통상적인 품위를 손상시키는 것만 같아서 프랑스 혁명의 가장 무절제한 행위를 떠오르게 하는군요. 그 한심한 사회운동의 결과는 당신도 알고 있지 않나요? 핸드백이 발견된 기차역의 수하물 보관소라는 특이한 장소가 사회적으로 분별없는 행동을 감추는 역할을 한 것 같군요. 어쩌면 과거에도 그런 목적으로 활용되었을 수도 있겠고. 하지만 건전한 사회에서 인정하는 신분의 확실한 근거는 될 수 없겠군요.

잭 그렇다면 제가 어떻게 해야 할지 조언을 부탁드려도 될까요? 그웬덜린의 행복을 책임지기 위해서라면 어떤 일이든 하겠다는 건 굳이 말씀드릴 필요는 없겠지요.

브랙널 부인 워딩 씨, 최대한 빨리 친척을 얻으라고 강력히 권하겠어요. 그리고 사교의 계절이 완전히 끝나기 전에 어떤 식으로든 어머니든 아버지든, 부모님 한 분을 만들어내도록 힘껏 노력해보세요.

잭 글쎄요. 제가 그 일을 어떻게 해낼 수 있을지 모르겠군요. 그 핸드백은 언제든 내놓을 수 있습니다. 집의 옷장 안에 있거든요. 브랙널 부인, 제 생각엔 그 핸드백이면 부인께서 납득하시게 될 겁니다.

브랙널 부인 이보세요, 내가 납득을! 그것이 나와 무슨 관계가
있단 말인가요? 나와 브랙널 경이 온갖 정성을 들여 키운 외
동딸이 수하물 보관소로 시집을 가서 수하물과 결혼하는 걸
허락할 것이라고는 상상조차 하지도 마세요. 워딩 씨, 좋은
아침이로군요.

브랙널 부인이 무척 화가 나서 밖으로 급히 나간다.

잭 네, 좋은 아침입니다! (다른 방에서 앨저넌이 결혼행진곡을
연주한다. 화가 머리끝까지 오른 잭이 문으로 다가간다.) 앨
지, 제발 그 소름 끼치는 멜로디는 그만 연주해. 자네는 정
말 멍청이로군!

음악이 멈추고 앨저넌이 명랑하게 들어온다.

앨저넌 여보게, 일이 잘 풀리지 않은 건가? 그웬덜린이 거절했
다고 말하려는 건 아니겠지? 그 애가 이런 식으로 한다는 건
잘 알고 있지. 언제나 사람들을 내치거든. 그 애의 가장 심
술궂은 태도라고 생각해.

잭 아니, 그웬덜린에겐 아무런 문제도 없어. 적어도 그녀만은 우리가 약혼했다고 생각한다네. 그녀의 어머니는 정말 감당할 수가 없군. 그런 고르곤*은 마주쳐본 적이 없어. 고르곤이 어떤 것인지 정확히는 모르지만, 브랙널 부인이야말로 고르곤이라는 건 확실하네. 어쨌든 그 부인은 괴물이야. 신화가 아니라는 것이 오히려 불공평한 일이지… 앨지, 미안하네. 자네 앞에선 자네의 이모님에 대해 이런 식으로 말해서는 안 되는데 말이야. *그리스 신화에 나오는 세 자매 괴물. 머리카락이 뱀이며 눈을 마주치면 돌로 만들어 버린다._역자 주

앨저넌 이봐, 난 친척들에 대해 험담하는 소리를 좋아해. 친척들을 견딜 수 있도록 해주는 유일한 일이기도 하거든. 친척들은 그저 지긋지긋한 패거리일 뿐이고, 어떻게 살 것인지에 대해선 아무것도 모르는 데다 언제 죽을지에 대해선 전혀 무감각한 사람들이거든.

잭 오, 그건 터무니없는 소리로군!

앨저넌 그렇지 않아!

잭 알았어, 그 문제로 논쟁하고 싶진 않네. 자넨 언제나 모든
일에 대해 논쟁하려 드는군.

앨저넌 바로 그것이야말로 처음부터 세상의 모든 일들이 만들
어진 목적인 거지.

잭 어이구 참, 만약 내가 그렇게 생각한다면 자살하고 말 거야.
… (잠시 말을 멈춘다.) 그런데 앨지, 대략 150년이 지나면
그웬덜린도 그녀의 엄마처럼 될 것 같은가?

앨저넌 여자는 모두 자기 엄마처럼 되지. 그것이 여자의 비극이
야. 남자는 그렇지 않아. 그것이 남자의 비극이고.

잭 그게 똑똑한 걸까?

앨저넌 정확하게 표현한 거지! 문명생활에 대한 모든 관찰 결과
가 그렇듯이, 지극히 옳은 말이야.

잭 똑똑한 것엔 정말 넌더리가 나네. 요즘은 누구나 똑똑하잖
아. 어디에서든 똑똑한 사람들을 피할 순 없지. 그건 그야말
로 사람들을 불쾌하게 만들어. 부디 어리석은 사람이 조금이

라도 남아 있으면 좋겠어. *영국의 록밴드 더 스미스(The Smith)의 싱글
앨범에 수록된 Rubber Ring(1985)의 가사에 인용됨._역자 주

앨저넌 그런 사람도 있지.

잭 제발 그런 사람들을 좀 만나보고 싶군. 그들은 어떤 이야기
를 할까?

앨저넌 어리석은 사람들이? 그거야 당연히 똑똑한 사람들에 대
해 이야기하겠지.

잭 정말 어리석군!

앨저넌 그런데 말이야, 자네가 도시에서는 어니스트이고 시골
에서는 잭이라는 사실을 그웬덜린에게 말해주었나?

잭 (무척 건방진 태도로) 이보게 친구, 진실은 고상하고, 상냥
하며, 세련된 여성에게는 말해줄 그런 것이 아니라네. 자네
는 여자에게 예의바르게 행동하는 법에 대해 이상한 생각을
갖고 있군!

앨저넌 여자에게 예의바르게 행동하는 유일한 방법이 있다면, 예쁘다면 그녀를 사랑하는 것이고, 평범하다면 다른 사람을 사랑하는 거지.

잭 오, 참으로 어이없는 말이로군.

앨저넌 자네 동생은 어떻게 할 건가? 그 방탕한 어니스트는 어찌할 거냐고?

잭 아, 주말이 되기 전에 없애버릴까 해. 파리에서 뇌일혈로 죽었다고 할 거야. 뇌일혈로 갑자기 죽는 사람들이 많지 않나?

앨저넌 그렇지. 하지만 뇌일혈은 유전이야. 가족 내에 퍼지는 그런 병이지. 심한 오한이었다고 말하는 편이 더 나을 거야.

잭 그 심한 오한은 유전이거나 그와 비슷한 병이 아니라는 건 분명한가?

앨저넌 당연히 유전은 아니지.

잭 그렇다면 잘됐군. 불쌍한 내 동생 어니스트는 파리에서 극심한 오한으로 갑작스럽게 죽게 되는 거야. 그렇게 없애는 게 좋겠어.

앨저넌 하지만 자네가 말하기를… 카듀 양이 자네의 그 불쌍한 동생 어니스트에게 조금 지나치게 관심이 많다고 하지 않았어? 그가 죽으면 많이 슬퍼하지 않을까?

잭 아, 그건 괜찮아. 다행히도 세실리가 분별없는 문학소녀는 아니거든. 식욕도 왕성하고, 오랫동안 산책도 하고, 공부에는 전혀 관심이 없거든.

앨저넌 세실리를 내가 직접 만나보면 좋겠는데.

잭 자네가 절대로 만나지 못하도록 내가 신경 쓸 거야. 그애는 매우 예쁘고, 이제 겨우 열여덟 살이거든.

앨저넌 자네가 이제 겨우 열여덟 살밖에 안된 매우 예쁜 아가씨의 후견인이라는 말을 그웬덜린에게는 했나?

잭 아, 그런 일을 불쑥 말해버리는 사람은 없잖아. 세실리와 그웬덜린은 분명 아주 좋은 친구가 될 거야. 만나고 나서 30분

이면 서로 언니 동생이라 부르게 될 걸세. 뭐든 걸고 내기를
해도 좋아.

앨저넌 여자들은 서로를 여러 가지 호칭으로 부른 후에야 비로
　　　소 그렇게 부르지. 이봐, 윌리스 레스토랑의 좋은 자리를 차
　　　지하려면 이젠 가서 옷을 입어야 해. 거의 7시가 되었다는
　　　건 알고 있겠지?

잭 (짜증을 내며) 그것 참, 언제나 거의 7시로군.

앨저넌 난 배가 고파.

잭 자네가 배고프지 않았던 적은 없었잖아…

앨저넌 저녁을 먹고 나선 뭘 할까? 극장에 갈까?

잭 아니, 싫어! 난 듣는 건 질색이야.

앨저넌 그러면, 클럽에 갈까?

잭 아니, 싫어! 떠드는 것도 싫거든.

앨저넌 그러면 10시에 엠파이어 극장 쪽을 한바퀴 둘러볼까?

잭 아니, 싫어! 이것저것 둘러보는 건 견딜 수가 없어. 멍청한
  짓이거든.

앨저넌 그러면 뭘 할까?

잭 아무것도 하지 말자!

앨저넌 아무것도 하지 않는 건 엄청나게 힘든 일이야. 어쨌든,
  구체적인 목적만 없다면 엄청 힘든 일도 상관없지.

레인이 들어온다.

레인 페어팩스 앙께서 오셨습니다.

그웬덜린이 들어오고, 레인이 나간다.

앨저넌 아니, 그웬덜린!

그웬덜린 앨지 오빠, 잠깐만 자리를 비켜줘. 워딩 씨에게 긴히
해야 할 말이 있거든.

앨저넌 그웬덜린, 난 그럴 마음이 조금도 없는 걸.

그웬덜린 앨지 오빠는 언제나 인생에 대해 철저하게 비도덕적인
태도를 취하더라. 그렇게 할 만한 나이도 아니면서 말이야.

앨저넌이 벽난로 쪽으로 물러선다.

잭 내 사랑!

그웬덜린 어니스트, 우린 절대로 결혼하지 못할 것 같아요. 엄
마의 얼굴 표정을 보면 절대로 못할 것 같아 두려워요. 요즘
의 부모님들은 자식들이 하는 말에 전혀 신경 쓰지 않잖아
요. 젊은이에 대한 존중이 구식이 되어버려 빠르게 사라지고
있거든요. 엄마에게 조금이라도 영향을 끼칠 수 있었던 건
세 살 때가 마지막이었어요. 하지만 엄마가 우리 둘이 부부
가 되는 것을 막고, 내가 누군가와 결혼하게 되고, 또 결혼
을 자주 할 수도 있겠지만, 엄마가 어떤 일을 한다 해도 당신
을 향한 나의 영원한 사랑을 바꿀 수는 없을 거예요.

잭 사랑스러운 그웬덜린!

그웬덜린 엄마가 불편한 논평을 곁들여가며 들려준 당신의 로맨
   틱한 태생에 대한 이야기는 자연스럽게 내 마음속의 깊은 감
   성을 흔들어 놓았어요. 당신의 세례명은 엄청난 매력을 지니
   고 있어요. 당신의 천진난만한 성품이 나로서는 도저히 이해
   할 수 없게 만드는군요. 올버니에 있는 집의 주소는 알고 있
   어요. 시골집의 주소는 어떻게 되나요?

잭 허트포드셔 주의 울튼에 있는 영주저택입니다.

주의 깊게 듣고 있던 앨저넌은 미소를 지으며 셔츠의 소매 끝
에 그 주소를 적는다. 그리고 나서 열차안내 책자를 집어 든다.

그웬덜린 우편물 배달은 잘 뇌셨죠? 뭔가 절박한 일을 저지르려
   면 필요할 것 같아요. 당연히 진지하게 생각한 후에 해야겠
   지요. 당신에게 매일 연락할게요.

잭 내 사랑!

그웬덜린 도시에는 얼마나 계실 건가요?

잭 월요일까지 있을 겁니다.

그웬덜린 잘됐군요! 앨지 오빠, 이제 돌아서도 돼요.

앨저넌 고맙구나. 난 이미 돌아서 있었어.

그웬덜린 그러면 벨도 눌러주세요.

잭 내 사랑, 제가 마차까지 배웅해드릴까요?

그웬덜린 물론이죠.

잭 (막 들어서는 레인에게) 내가 페어팩스 양을 현관까지 배웅
할게.

레인 네, 알겠습니다.

잭과 그웬덜린이 퇴장한다.

레인이 명함그릇에 올려놓은 몇 장의 편지를 앨저넌에게 건넨
다. 앨저넌이 봉투를 흘낏 본 후에 찢어버리는 것으로 보아 청
구서들인 것으로 보인다.

앨저넌 레인, 쉐리 포도주를 한잔 부탁해.

레인 네, 알겠습니다.

앨저넌 레인, 내일은 번버리를 하러 갈 거야.

레인 네, 알겠습니다.

앨저넌 아마 월요일까지는 돌아오지 않을 거야. 정장들과 실내
    용 상의 그리고 번버리에 입을 옷들을… 모두 준비해줘.

레인 네, 알겠습니다.

쉐리 포도주를 건네준다.

앨저넌 레인, 내일은 날씨가 좋으면 좋겠군.

레인 절대로 좋지 않을 겁니다.

앨저넌 레인, 자네는 지독한 비관론자로군.

레인 주인님께서 만족하실 수 있도록 최선을 다하고 있습니다.

잭이 들어오고, 레인이 나간다.

잭 현명하고 지적인 여성이야! 내 인생에서 처음으로 원하게
    된 유일한 여성이지. (앨저넌이 참을 수 없다는 듯이 웃음을
    터뜨린다.) 도대체 무엇이 그리도 재미있나?

앨저넌 아, 불쌍한 번버리에 대해 조금 걱정하고 있을 뿐이야.

잭 조심하지 않으면 그 번버리 때문에 심각한 곤경에 빠지는
    날이 올 거야.

앨저넌 난 곤경에 빠지는 걸 좋아해. 절대로 심각해지지 않는
    유일한 일이거든.

잭 앨지, 터무니없는 소릴 하는군. 자넨 언제나 터무니없는 말

만 해.

앨저넌 아무도 그런 말을 하진 않지.

잭은 화난 표정으로 그를 쳐다보면서 방을 나간다. 앨저넌은
담배에 불을 붙이고 와이셔츠 소매 끝에 적어놓은 주소를 읽고
미소를 짓는다.

막이 내린다.

제2막

무대

영주 저택의 정원. 회색 돌계단을 따라 오르면 저택이 나타난
다. 전통적인 형식의 정원에는 장미꽃이 가득 피어 있다. 때는
7월. 커다란 주목나무 아래 버들가지를 엮어 만든 의자들과 책
들이 쌓여 있는 탁자가 놓여 있다.

미스 프리즘이 탁자 앞에 앉아 있다. 그 뒤에서 세실리가 꽃에 물을 주고 있다.

미스 프리즘 (부르면서) 세실리, 세실리! 꽃에 물을 주는 것 같은 실용적인 일은 네가 아니라 몰턴이 해야 할 일이잖니? 특히 지적인 즐거움이 너를 기다리고 있을 때는 그래야 하잖아. 독일어 문법책이 탁자 위에 있으니, 15쪽을 펼치도록 해라. 어제 배운 걸 복습해야겠다.

세실리 (느릿느릿 다가온다.) 하지만 전 독일어가 싫어요. 독일어는 전혀 매력적인 언어가 아니에요. 독일어 수업을 받고 나면 내가 전혀 예뻐 보이지 않는다는 것을 잘 알거든요.

미스 프리즘 얘야, 후견인께서 네가 모든 면에서 향상되기를 얼마나 기대하고 있는지 잘 알고 있잖니. 어제 도시로 떠나시면서 독일어를 특별히 강조하셨거든. 사실 도시로 떠나실 때는 언제나 독일어를 강조하신단다.

세실리 다정한 잭 아저씨는 지나치게 심각하시죠! 가끔은 너무나도 심각해서 건강할 수 없을 거라고 생각해요.

미스 프리즘 (자세를 바로잡으며) 너의 후견인께서는 아주 건강하시단다. 그리고 그분처럼 비교적 젊은 분의 신중한 태도는 특별히 칭찬을 받게 된단다. 내가 알기론, 그분보다 의무감이나 책임감이 더 강한 사람은 없어.

세실리 그래서 우리 셋이 함께 있을 때, 종종 지루해 하는 것처럼 보였던 것이로군요.

미스 프리즘 세실리! 네가 날 놀라게 하는구나. 워딩 씨는 어려움을 많이 겪으며 살았단다. 한가로운 수다와 평범한 이야기는 그분의 대화에 어울리지 않아. 넌 그분이 불운한 동생에 대해 끊임없이 걱정하고 있다는 걸 꼭 기억해야 해.

세실리 잭 아저씨가 가끔은 그 불운한 동생이 여기로 내려오도
록 해주시면 좋겠어요. 프리즘 선생님, 우리가 그 사람에게
좋은 영향을 끼칠 수도 있잖아요. 선생님은 분명 그렇게 하
실 수 있을 거예요. 선생님은 독일어와 지질학을 아시고, 사
람들에게 큰 영향을 줄 수 있는 그런 것들을 많이 알고 계시
잖아요.

세실리가 자신의 일기장에 무언가를 쓰기 시작한다.

미스 프리즘 (고개를 가로저으며) 친형제마저 돌이킬 수 없을 정
도로 나약하고 우유부단하다고 인정하는 그런 사람에게 내
가 조금이라도 영향을 끼칠 수 있을 거라곤 생각하지 않는
다. 사실 그 사람을 회복시키고 싶다는 생각이나 있는지도
모르겠어. 나쁜 사람을 즉시 착한 사람으로 만들려고 하는
현대의 강박적인 충동을 지지하진 않아. 씨를 뿌린 사람이
그 결실을 거두도록 해야만 해. 세실리, 일기장은 치우도록
해라. 난 네가 일기를 쓰는 이유를 도통 모르겠구나.

세실리 내 인생의 멋진 비밀들을 기록해 두기 위해 일기를 쓰는
거예요. 그런 것들을 기록해두지 않는다면 전부 다 잊어버리
고 말 것이거든요.

미스 프리즘 세실리, 기억이야말로 우리 모두가 간직하고 있는
　　일기장이지.

세실리 그렇기는 하지만 기억에는 일어나지도 않았고, 일어날
　　수도 없는 일들이 기록되곤 하잖아요. 무디가 보내준 세 권
　　짜리 소설은 거의 대부분이 기억에서 비롯된 것이라고 생각
　　해요.

미스 프리즘 세실리, 세 권짜리 소설을 대수롭지 않은 것처럼 말
　　하진 마라. 예전엔 나도 소설을 썼거든.

세실리 정말 소설을 쓰셨어요? 선생님은 엄청나게 똑똑하신 분
　　이로군요! 행복한 결말은 아니었겠죠? 난 행복하게 끝나는
　　소설은 싫어요. 그런 소설은 무척 우울하게 만들거든요.

미스 프리즘 착한 사람은 행복하게, 나쁜 사람은 불행하게 끝나
　　지. 픽션이란 바로 그런 것이란다.

세실리 저도 그렇다고는 생각해요. 하지만 매우 불공평한 것 같
　　아요. 선생님의 소설이 출간된 적은 있나요?

미스 프리즘 아니, 출간된 적 없어! 불운하게도 그 원고는 버림
　받았지. (세실리가 놀란다.) '버림받았다'는 말은 잃어버렸다
　또는 제자리를 찾지 못했다는 뜻이야. 애야, 이런 탁상공론
　은 아무런 쓸모도 없으니, 이제 공부나 하자.

세실리 (미소를 지으며) 마침 채서블 박사님이 정원을 지나 올
　라오고 계시네요.

미스 프리즘 (자리에서 일어나 앞으로 나가며) 채서블 박사님!
　정말 반갑군요.

채서블이 입장한다.

채서블 다들 안녕하세요? 프리즘 선생님, 건강하시죠?

세실리 방금 전에 선생님이 약간 두통이 있다고 하셨어요. 채서
　블 박사님, 두 분이 함께 공원을 조금만 산책하시면 많이 좋
　아지실 것 같아요.

미스 프리즘 세실리, 두통에 대해선 아무 말도 하지 않았는데.

세실리 그래요, 말씀은 하지 않으셨죠. 하지만 선생님께 두통이 있다는 걸 직감으로 알아차렸어요. 사실 저는 박사님이 들어오실 때 독일어 수업이 아니라 선생님의 두통에 대해 생각하고 있었거든요.

채서블 세실리, 난 네가 수업을 소홀히 하지 않으면 좋겠구나.

세실리 오, 저도 그럴까봐 걱정이에요.

채서블 그건 이상한 일이구나. 만약 내가 운이 좋아서 프리즘 선생님의 학생이 된다면, 그분의 입술에 의지할 텐데 말이다. (미스 프리즘이 노려본다.) 은유적으로 말한 겁니다. 시인들이 활용하는 은유입니다. 흐음, 흠! 워딩 씨는 아직 런던에서 돌아오시지 않은 모양이군요?

미스 프리즘 월요일 오후까지는 돌아오지 않으실 거예요.

채서블 아, 그렇군요. 그분이 평소에는 일요일을 런던에서 보내는 걸 좋아하지요. 누구에게 들어도, 워딩 씨는 그 불운한 청년인 동생처럼 오직 쾌락만을 목표로 사는 사람은 아니지요. 어쨌든 에게리아(Egeria)*와 그녀의 학생을 더 이상 방해하지 말아야겠군요. *로마신화에 나오는 샘의 요정_역자 주

미스 프리즘 에게리아요? 박사님, 제 이름은 라에티티아예요.

채서블 (인사를 하며) 단지 고전적인 인용일 뿐입니다. 이교도 작가들의 작품에서 가져온 것이죠. 두 분 모두 저녁 기도에 참석하실 거죠?

미스 프리즘 저는 박사님과 산책을 하고 싶군요. 결국 두통이 있다는 걸 알게 되었으니, 산책을 하면 좋아질 것 같아요.

채서블 좋습니다, 프리즘 선생님, 아주 좋아요. 학교까지 갔다가 돌아오기로 하지요.

미스 프리즘 그게 좋겠군요. 세실리, 내가 없는 농안 정치경제학 책을 읽도록 해라. 루피 화의 폭락에 관한 장은 생략해도 괜찮아. 지나치게 선정적인 면이 있거든. 이런 엄숙한 문제에도 멜로 드라마적인 측면이 있단다.

채서블 박사와 함께 정원으로 내려간다.

세실리 (책들을 집어 식탁 위로 던진다.) 지긋지긋한 정치경제학! 지긋지긋한 지리학! 정말 끔찍한 독일어!

메리맨이 명함접시를 들고 들어온다.

메리맨 지금 막 어니스트 워딩 씨가 역에서 도착하셨습니다. 여행가방도 가지고 오셨습니다.

세실리 (명함을 집어 들고 읽는다.) '미스터 어니스트 워딩, B. 4, 올버니 W.' 잭 아저씨의 동생! 워딩 씨는 런던에 계신다고 그분께 말씀드렸나?

메리맨 네, 아가씨. 무척 실망하시는 것 같았어요. 아가씨와 프리즘 선생님이 정원에 계신다고 말씀드렸습니다. 그분께서 잠시라도 아가씨와 개인적으로 이야기를 나누고 싶다고 하셨습니다.

세실리 어니스트 워딩 씨에게 이리 오시라고 말씀드려. 가정부에게 그분이 머물 방을 준비하라고 말해두어야 할 것 같네.

메리맨 네, 아가씨.

메리맨이 나간다.

세실리 지금까지 정말로 사악한 사람은 만나본 적이 없는데. 조금 무서워지네. 그 사람이 다른 사람들과 비슷하게 생겼을까 봐 너무 걱정되네. (앨저넌이 무척 쾌활하고 활기차게 들어선다.) 정말 그렇게 생겼잖아!

앨저넌 (모자를 들어올리며) 분명, 당신이 나의 조그만 세실리 사촌이로군요.

세실리 뭔가 잘못 알고 계시는 것 같군요. 난 키가 작지 않아요. 사실 내 나이 또래보다 더 큰 편이거든요. (앨저넌이 조금 당황한다.) 하지만, 제가 바로 사촌인 세실리에요. 명함을 보았는데, 당신이 잭 아저씨의 동생이면서 저의 사촌인 어니스트, 사악한 나의 사촌 어니스트로군요.

앨저넌 오! 사촌 세실리, 사실 나는 전혀 사악하지 않아요. 내가 사악한 사람이라고 생각하진 마세요.

세실리 만약 사악하지 않다면, 당신은 용서할 수 없는 방식으로 우리를 모두 속이고 있는 것이 분명하군요. 전 당신이 사악한 사람인 척하면서 언제나 착하게 사는 이중생활을 하지 않는다면 좋겠어요. 그건 위선적인 행동이잖아요.

앨저넌 (깜짝 놀라며 그녀를 바라본다.) 아! 물론 그동안 조금 분별없이 살기는 했죠.

세실리 그렇게 말씀하시니 다행이군요.

앨저넌 사실 지금 말씀하시는 그 문제에서 나만의 시시한 방법으로 아주 나쁘게 처신하기는 했어요.

세실리 분명히 무척이나 즐거웠겠지만, 그런 행동을 너무 자랑스러워해선 안된다고 생각해요.

앨저넌 여기에서 당신과 함께 있는 것이 더 즐겁군요.

세실리 어떻게 여기에 오게 된 건지 전혀 이해할 수가 없군요. 잭 아저씨는 월요일 오후까지 돌아오시지 않을 거예요.

앨저넌 엄청나게 실망스러운 일이군요. 나는 월요일 아침 첫차로 올라가야만 하는데. 놓치고 싶은 ⋯ 사업상의 약속이 있는데 어떻게 하죠?

세실리 런던이 아닌 다른 곳에서는 놓칠 수 없는 약속인가요?

앨저넌 네. 런던에서 약속이 있거든요.

세실리 음, 물론 저도 인생에 대한 미적 감각을 어느 정도 유지하고 싶다면, 사업 약속을 지키지 않는 것이 얼마나 중요한 일인지는 알고 있어요. 그럼에도 잭 아저씨가 올 때까지는 기다리는 것이 더 좋다고 생각해요. 잭 아저씨는 당신의 이주에 대해 이야기하고 싶어 하거든요.

앨저넌 나의 무엇이라구요?

세실리 당신의 이주 말이에요. 잭 아저씨는 당신의 옷을 사러 런던에 갔거든요.

앨저넌 나는 잭이 내 옷을 절대로 사지 못하도록 할 겁니다. 잭은 넥타이에 대한 감각이 전혀 없거든요.

세실리 당신에게 넥타이가 필요할 것 같진 않은데요. 잭 아저씨
는 당신을 오스트레일리아로 보내려고 하거든요.

앨저넌 오스트레일리아요! 차라리 죽는 게 나을 것 같은데요.

세실리 글쎄요, 수요일 밤에 저녁식사를 하면서 당신이 이승과
저승 그리고 오스트레일리아 중 한 곳을 선택해야 할 것이라
고 말씀하셨거든요.

앨저넌 오, 그렇군요! 그동안 오스트레일리아나 저승에 대해 들
어왔던 이야기들이 특별히 끌리지는 않던데요. 세실리 사촌,
나는 이승이 좋거든요.

세실리 알겠어요. 그런데 이승에 살만큼 착한 사람인가요?

앨저넌 그렇지는 않은 것 같아요. 그래서 당신이 나를 착한 사
람으로 만들어 주기를 원하는 겁니다. 괜찮으시다면, 그렇게
하는 걸 사촌 세실리의 사명으로 삼아줬으면 해요.

세실리 그런데, 오늘 오후에는 시간이 없어서요.

앨저넌 그렇다면, 오늘 오후에는 저 혼자 착한 사람이 되도록
    시도해도 괜찮을까요?

세실리 돈키호테 같은 사람이군요. 어쨌든 시도는 해보세요.

앨저넌 그렇게 하겠습니다. 벌써 한결 더 좋아진 것 같아요.

세실리 조금 더 나빠진 것 같은데요.

앨저넌 그건 지금 배가 고프기 때문입니다.

세실리 아, 제가 생각이 모자랐군요. 전혀 새로운 인생을 살기
    위해선 규칙적이고 건강에 좋은 식사가 필요하다는 걸 생각
    했어야 하는데 말이에요. 안으로 들어오시겠어요?

앨저넌 고맙습니다. 우선 상의에 장식 꽃을 달아도 될까요? 먼
    저 장식 꽃을 달지 않으면 식욕이 생기질 않거든요.

세실리 마레샬 니엘 장미는 어때요? (가위를 집어 든다.)

앨저넌 아니요, 분홍 장미를 다는 것이 좋겠어요.

세실리 왜죠? (꽃을 자른다.)

앨저넌 사촌 세실리가 분홍 장미를 닮았기 때문이지요.

세실리 저에게 그런 식으로 말하는 것이 옳다고 생각하진 않아
요. 프리즘 선생님은 절대로 그런 말을 하시진 않거든요.

앨저넌 그렇다면 프리즘 선생님은 눈이 어두운 노부인이로군
요. (세실리가 앨저넌의 옷에 장미를 꽂아준다.) 당신은 내
가 보았던 아가씨들 중에서 가장 예뻐요.

세실리 프리즘 선생님은 잘 생긴 외모는 모두 함정이라고 말씀
하세요.

앨저넌 분별 있는 남자라면 모두 기꺼이 빠져들고 싶어 할 함정
이군요.

세실리 아, 저는 분별 있는 남자를 잡으려고 할 것 같진 않군요.
그런 남자에게는 어떤 말을 해야 할지 모르겠거든요.

그들이 집안으로 들어간다. 미스 프리즘과 채서블 박사가 돌아온다.

미스 프리즘 채서블 박사님, 너무 오래 홀로 지내셨잖아요. 이제 결혼을 하셔야 해요. 인간혐오자는 이해할 수 있지만… 여성 혐오자는 절대 안돼요!

채서블 (학자다운 몸짓을 하며) 사실 저는 그런 신조어로 불릴만한 가치는 없어요. 초기 기독교 교회의 가르침뿐만 아니라 관례에서도 결혼을 명확하게 반대했거든요.

미스 프리즘 (점잔 빼는 말투로) 그것이 바로 초기 기독교 교회가 오늘날까지 지속되지 못하게 된 분명한 이유인 겁니다. 박사님은 그렇게 고집스럽게 독신으로 남는 것으로 자신을 줄곧 대중이 유혹에 빠드리게 된다는 걸 깨닫지 못하시는 것 같군요. 남자들이 더 조심해야 합니다. 바로 이런 독신주의가 의지할 곳 없는 여성들을 타락하게 만들거든요.

채서블 하지만 남자는 결혼을 한다 해도 똑같이 매력적이지 않나요?

미스 프리즘 자기 아내 외에는 유부남이 매력적인 경우는 없거든요.

채서블 제가 듣기로는, 아내에게도 매력적이지 않은 경우가 많다고 하더군요.

미스 프리즘 그것은 여성의 지적인 공감에 따라 좌우되는 것이죠. 원숙한 여성은 언제나 의존할 수 있어요. 성숙한 여성은 믿을 수 있지요. 젊은 여성들은 미숙하지요 (채서블 박사가 놀란다.) 원예학적으로 말한 것일 뿐이에요. 제가 사용한 은유는 과일에서 가져온 거예요. 그나저나 세실리가 어디 있을까요?

채서블 학교까지 우리를 쫓아왔을지도 몰라요.

잭이 정원 뒤쪽에서 천천히 걸어 들어온다. 그는 검은 상장을 두른 모자와 검은 장갑을 갖춘 상복을 입고 있다.

미스 프리즘 워딩 씨!

채서블 워딩 씨라구요?

미스 프리즘 정말 깜짝 놀랄 일이로군요. 월요일 오후까지는 오
시지 않을 거라고 알고 있었거든요.

잭 (비통한 태도로 미스 프리즘과 악수를 한다.) 예상했던 것
보다 조금 더 일찍 돌아왔습니다. 채서블 박사님, 잘 지내고
계시지요?

채서블 워딩 씨, 이 상복이 끔찍하게 불행한 어떤 일을 나타내
는 건 아니겠죠?

잭 제 동생 때문입니다.

미스 프리즘 더욱 치욕스러운 빚과 방종 때문인가요?

채서블 여전히 방탕한 인생을 살고 있나요?

잭 (고개를 가로저으며) 죽었습니다!

채서블 동생 어니스트가 죽었다고요?

잭 그렇습니다. 죽었어요.

미스 프리즘 그분에겐 큰 교훈이 되겠군요! 그분에게 도움이 되리라 믿어요.

채서블 워딩 씨, 깊은 애도의 마음을 전합니다. 언제나 동생을 가장 너그럽게 대하고 용서해주셨으니 조금은 위안이 되실 겁니다.

잭 불쌍한 어니스트! 허물 많았던 동생이지만 슬프고도 슬픈 충격입니다.

채서블 정말 슬픈 일이군요. 임종 때 함께 계셨었나요?

잭 아니오. 외국에서, 사실, 파리에서 죽었습니다. 지난밤에 그랜드 호텔의 지배인으로부터 전보를 받았습니다.

채서블 사인을 말해주던가요?

잭 심한 오한 때문인 것 같습니다.

미스 프리즘   씨는 뿌리는 대로 거두게 되어 있지요.

채서블   (손을 들어올리며) 프리즘 선생님, 자비, 자비심을 가져
야 해요! 완벽한 사람은 아무도 없어요. 저의 경우엔 특히 술
에 쉽게 빠져들거든요. 매장은 여기에서 할 예정인가요?

책   아닙니다. 파리에 묻어달라고 했다는 것 같습니다.

채서블   파리라구요! (고개를 젓는다) 마지막 순간에도 전혀 진
지한 마음가짐이 아니었던 같군요. 선생께선 분명 다가오는
일요일에 제가 이 비극적인 가정의 고통에 대해 간접적으로
나마 약간의 언급을 하기를 바라시겠지요. (책이 그의 손을
갑작스럽게 꽉 쥔다.) 광야에서 만나(manna)의 의미에 대한
저의 설교는 기쁠 때나, 지금처럼 괴로울 때나, 거의 모든
경우에 적용될 수 있습니다. (모두 한숨을 내쉰다.) 저는 추
수감사절과 세례, 견진성사, 수치의 날들과 축제의 날들에도
줄곧 그 설교를 했습니다. 내가 마지막으로 그 내용으로 설
교했던 건 대성당이었어요. 상급 교단들 간의 불만방지회를
대표하여 자선 설교를 했었죠. 그곳에 참석했던 주교님은 내
가 이끌어낸 유추들에 대단히 큰 감명을 받았지요.

잭 아! 그 말씀을 들으니 박사님이 세례에 대해 말씀하셨던 것
   같은데? 세례 주는 법을 잘 알고 계시지요? (채서블 박사는
   깜짝 놀란 듯이 보인다.) 물론 지금도 계속 세례를 주시냐는
   그런 뜻입니다. 그렇지 않은가요?

미스 프리즘 유감스럽지만, 이 교구에서는 사제가 가장 빈번히
   거행해야 하는 의무들 중의 한 가지이지요. 저는 그 문제를
   빈곤한 계급의 사람들에게 자주 말하곤 합니다. 하지만 그
   사람들은 검소하다는 것이 무엇인지를 모르는 것 같아요.

채서블 그런데 워딩 씨, 관심을 갖고 있는 각별한 아기가 있나
   요? 제가 알기로는, 동생분은 미혼이지 않았나요?

잭 오, 그렇습니다.

미스 프리즘 (쌀쌀맞게) 쾌락만을 위해 사는 사람들은 대개가 그
   렇지요.

잭 박사님, 어린아이를 위한 것은 아닙니다. 저는 아이들을 무
   척 좋아합니다만, 그건 아니구요. 사실은 별다른 일이 없으

시다면, 오늘 오후에 제가 세례를 받고 싶어 그렇습니다.

채서블 하지만 워딩 씨는 이미 세례를 받으셨잖아요?

잭 세례에 대해선 아무 것도 기억하지 못해서요.

채서블 그렇다면 그 문제를 진지하게 의심하고 있다는 건가요?

잭 분명히 그렇다고 생각합니다. 물론 이 일이 어떤 식으로든
박사님을 성가시게 하게 될지, 또는 지금 저의 나이가 너무
많다고 생각하실지는 모르겠군요.

채서블 전혀 그렇지는 않습니다. 성인의 살수례(撒水禮, sprin-
kling)는 물론이고 침수례(浸水禮, immersion)도 완벽하게 교
회법에 따른 의식이지요.

잭 침수례라고요!

채서블 걱정하실 필요는 없어요. 필수적인 건 살수례가 전부이
고 사실 내가 권장하는 것이기도 하죠. 날씨가 꽤나 변덕스
러운데요. 의식은 언제 거행하시고 싶나요?

잭 아, 박사님만 괜찮으시다면 제가 5시 무렵에 가도록 하겠습니다.

채서블 완벽해요, 마침 잘 됐군요. 사실 그 시간에 비슷한 의식 두 건을 치러야 하거든요. 바로 얼마 전에 선생님 영지의 외곽에 있는 오두막집들 중의 한 곳에서 쌍둥이에게 세례를 주어야 하거든요. 무척 열심히 일하는 가난한 짐마차꾼 젠킨스의 집이지요.

잭 아! 다른 아기들과 함께 세례를 받는 건 그다지 즐겁진 않겠는데요. 유치할 것 같아요. 5시 30분은 어떨까요?

채서블 아주 좋아요! 아주 좋습니다! (회중시계를 꺼낸다.) 자 이제, 슬픔에 빠진 가정에 더 이상 폐를 끼치면 안될 것 같군요, 워딩 씨. 너무 깊은 슬픔에 빠지지 않기를 바랍니다. 견디기 힘든 시련처럼 보이는 것들도 가끔은 변장한 축복이기도 하거든요.

미스 프리즘 이 일이 제게는 지극히 명확한 축복인 것처럼 보이는군요.

세실리가 집에서 나온다.

세실리 잭 아저씨! 돌아오셔서 기뻐요. 그런데 무서운 옷을 입
으셨네요! 당장 가서 갈아입으세요.

미스 프리즘 세실리!

채서블 얘야! 얘야! (세실리가 잭에게 다가가고, 잭은 침울한 표
정으로 세실리의 이마에 키스를 한다.)

세실리 잭 아저씨, 무슨 일이에요? 제발 행복한 표정을 지으세
요! 치통을 앓는 사람처럼 보이는데, 제가 아저씨를 위해 깜
짝 선물을 준비했어요. 식당에 누가 와 있을 것 같아요? 아
저씨의 동생분이에요!

잭 누구라고?

세실리 아저씨의 동생 어니스트요. 30분 전쯤에 도착했어요.

잭 무슨 말도 안되는 소릴! 나에겐 동생이 없어.

세실리 오, 그렇게 말하지 마세요. 과거에 아저씨에게 제아무리 나쁜 행동을 했다 해도 여전히 동생이잖아요. 그렇게 무자비하게 동생을 버릴 수는 없잖아요. 그분께 나오라고 할게요. 그분과 악수를 하셔야 해요. 잭 아저씨, 그러실 거죠? (집으로 뛰어 들어간다.)

채서블 무척이나 기쁜 소식이로군요.

미스 프리즘 우리 모두가 그의 죽음을 받아들이자마자 갑자기 살아서 돌아오니 저에겐 정말 괴로운 일로 보이는군요.

잭 내 동생이 식당에 있다구요? 대체 이게 무슨 일인지 모르겠군요. 너무나도 터무니없는 일이로군요.

앨저넌과 세실리가 손을 잡고 등장한다. 그들은 천천히 잭에게 다가간다.

잭 맙소사! (앨저넌에게 물러서라고 손짓한다)

앨저넌 존(John) 형, 내가 지금까지 형한테 온갖 걱정을 끼쳤던 것에 대해 정말 미안하다는 말과 앞으론 더 나은 삶을 살려고 한다는 말도 전하려고 런던에서 내려왔어. (잭은 그를 노려보며 악수도 하지 않는다.)

세실리 잭 아저씨, 동생분이 내미는 손을 거부하시려는 건 아니겠죠?

잭 그의 손을 잡도록 만들 일은 전혀 없을 거야. 나는 쟤가 여기로 내려온 것을 부끄럽게 생각해. 그 이유는 본인이 완벽하게 알고 있지.

세실리 잭 아저씨, 친절하게 대해 주세요. 누구에게나 좋은 점은 있잖아요. 어니스트 씨가 자주 찾아간다는 불쌍한 환자인 친구 번버리에 대한 이야기를 해주고 있던 중이거든요. 환자를 친절하게 대하고 고통의 침상 곁을 지키기 위해 런던의 즐거움을 벗어나는 사람이라면 분명 선량한 분이에요.

잭 오! 번버리에 대한 이야기를 해주고 있었다고? 진짜?

세실리 그래요. 불쌍한 번버리 씨와 그의 형편없는 건강 상태에 대해 이야기해줬어요.

잭 번버리라니! 저 녀석이 너에게 번버리나 그밖의 어떤 것에 대해서도 이야기하지 못하도록 해야겠다. 사람을 완전히 미치게 만드는군.

앨저넌 물론 모두 다 내 잘못이라고 인정해. 하지만 존 형이 나를 너무 냉정하게 대하고 있다고 생각한다는 건 말해야겠어. 특히 내가 여기에 처음 왔다는 걸 생각하면, 좀더 열렬한 환영을 받을 것이라고 기대했었거든.

세실리 잭 아저씨, 어니스트와 악수하지 않는다면 절대로 아저씨를 용서하지 않을 거예요.

잭 나를 절대로 용서하지 않겠다고?

세실리 절대로, 절대로 용서하지 않을 거예요!

잭 그것 참, 이번이 마지막 악수가 될 거야. (앨저넌과 악수를 하며 노려본다.)

채서블 너무나도 완벽한 화해를 보니 정말 기쁘군요. 그렇지 않나요? 두 형제가 함께 있도록 우린 떠나는 것이 좋겠어요.

미스 프리즘 세실리, 너도 함께 가자.

세실리 물론이지요, 프리즘 선생님. 이제 화해를 시키는 제 임무는 끝났군요.

채서블 얘야, 네가 오늘 정말 훌륭한 일을 해냈구나.

미스 프리즘 성급하게 판단하면 안돼요.

세실리 나는 무척 행복해요. (잭과 앨저넌을 남겨두고 모두 떠난다.)

잭 앨지, 이 어설픈 악당 같으니. 최대한 빨리 여기를 떠나야 해. 여기에선 이떤 빈더리 짓노 용납하지 않을 거야.

메리맨이 들어온다.

메리맨 주인님의 옆방에 어니스트 씨의 짐을 갖다 놓았습니다. 그래도 괜찮을까요?

잭 뭐라고?

메리맨 어니스트 씨의 짐 말입니다. 짐을 풀어서 주인님의 방
     옆방에 갖다 놓았습니다.

잭 그의 짐이라고?

메리맨 네, 주인님. 여행가방 세 개와 세면도구 가방 하나, 모자
     상자 두 개와 커다란 점심 바구니입니다.

앨저넌 이번에는 일주일 이상은 머물 수 없을 것 같아서 걱정이
     되는군.

잭 메리맨, 지금 당장 마차를 불러. 어니스트 씨는 갑자기 런던
    으로 돌아오라는 연락을 받았어.

메리맨 네, 알겠습니다. (집안으로 돌아간다.)

앨저넌 잭, 자네는 정말 끔찍한 거짓말쟁이로군. 런던으로 돌아
     오라는 연락은 받은 적이 없어.

잭 아니야, 돌아오라는 연락이 있었어.

앨저넌 나에게 연락이 온 것은 전혀 없었거든.

잭 신사로서 지켜야 할 자네의 의무가 돌아오라고 연락했던 것
    이지.

앨저넌 신사로서 지켜야 할 의무 때문에 아주 조금이라도 즐거
    움을 방해받은 적은 전혀 없었다네.

잭 그건 내가 아주 잘 알지.

앨저넌 어쨌든, 세실리는 사랑스러운 사람이야.

잭 카듀 양에 대해선 그런 식으로 말하지 말게. 마음에 안 늘거
    든.

앨저넌 그런데, 나는 자네의 옷이 마음에 안 드는걸. 그런 옷을
    입고 있으니 정말 꼴불견이야. 대체 왜 올라가서 갈아입지
    않고 있는 건가? 자네 집에 손님으로 일주일 내내 머무르고

있을 사람을 위해 정식 상복을 입고 있다는 건 정말 유치한 일이야. 기괴한 일이기도 하고.

잭   자네가 일주일 동안 손님이든 뭐든 나와 함께 있게 되는 일은 없을 거야. 자네는 4시 5분 기차로 떠나야만 해.

앨저넌   자네가 상복을 입고 있는 한, 난 절대로 떠나지 않을 거야. 그건 정말 우정을 저버리는 일이 될 걸세. 만약 내가 상을 당했다면 자네는 나와 함께 있어 주겠지. 자네가 그렇게 하지 않는다면 무척 매정한 사람이라고 생각할 거야.

잭   그러면, 내가 옷을 갈아입으면 갈 텐가?

앨저넌   너무 오래 걸리지만 않는다면 그렇게 하지. 그렇게나 오랜 시간을 들여 옷을 입었으면서, 그 결과가 이렇게 신통치 않은 사람은 본 적이 없네.

잭   어찌 되었든, 자네처럼 언제나 지나치게 옷치장을 많이 하는 것보다는 낫지.

앨저넌   가끔은 내가 약간 지나친 옷치장을 한다 해도, 언제나 지나칠 정도의 교육으로 잘 보완하고 있거든.

잭 자네의 허영심은 우스꽝스럽고, 행동은 무례해. 내 정원에
   자네가 와 있다는 건 완전히 어리석은 일이야. 어쨌든 4시 5
   분 기차를 타야만 하고, 런던으로 돌아갈 때까지 즐거운 여
   행이 되기를 바라네. 자네가 말하는 이번의 번버링은 그다지
   큰 성공을 거두지는 못했군.

집안으로 들어간다.

앨저넌 난 엄청난 성공이었다고 생각해. 세실리와 사랑에 빠졌
   고, 그게 가장 중요한 일이지. (정원의 뒤편에서 세실리가
   들어온다. 물뿌리개를 집어 들고 꽃에 물을 주기 시작한다.)
   하지만 떠나기 전에 세실리를 만나서 다음번 번버리를 위한
   약속을 해두어야겠군. 아, 세실리가 저기에 있네.

세실리 장미에 물을 주려고 다시 온 거예요. 잭 아저씨와 함께
   계시는 줄 알았는데.

앨저넌 나한테 마차를 불러주러 갔어요.

세실리 오, 멋진 드라이브를 해주시려는 모양이군요?

앨저넌 나를 돌려보내고 그래요.

세실리 그러면 우린 헤어져야 하는 건가요?

앨저넌 그런 것 같아요. 무척이나 가슴 아픈 이별이로군요.

세실리 아주 짧은 시간 동안 알게 된 사람과 헤어지는 일은 언
       제나 괴롭군요. 오래된 친구들이 없는 건 체념하고 참을 수
       있어요. 하지만 이제 막 소개받은 사람과 헤어지는 건 잠시
       라 해도 견딜 수가 없군요.

앨저넌 고마워요.

메리맨이 들어온다.

메리맨 마차가 현관 앞에 도착했습니다. (앨저넌은 애원하듯 세
       실리를 바라본다.)

세실리 메리맨, 한 … 5분 정도만 … 기다려줄 수 있겠지.

메리맨 네, 아가씨 (메리맨이 나간다.)

앨저넌 세실리, 당신이 제 눈에는 모든 면에서 절대적인 완벽함
    을 뚜렷하게 구현하고 있는 것으로 보입니다. 이렇게 솔직하
    게 공개적으로 고백한다 해도 기분 나쁘게 생각하지 않기를
    바랍니다.

세실리 어니스트, 저는 당신의 솔직함이 훌륭한 장점이라고 생
    각해요. 허락하신다면, 당신의 말씀을 제 일기장에 옮겨 적
    어 놓을게요. (책상으로 건너가 일기장에 쓰기 시작한다.)

앨저넌 아니, 진짜로 일기를 쓰는 겁니까? 무슨 짓을 해서든 읽
    어보고 싶군요. 읽어봐도 될까요?

세실리 아, 안돼요. (손으로 일기장을 덮는다.) 아시겠지만 이건
    아주 어린 소녀의 생각과 감상들을 기록한 것일 뿐이고, 나
    중에 출판을 하려고 해요. 책으로 출간이 되면 한 권 주문해
    주세요. 그러니 어니스트, 제발 말을 멈추진 말아주세요. 말
    해주는 걸 받아 적는 걸 좋아하거든요. 자, '절대적인 완벽
    함'까지 받아썼어요. 계속 말씀하세요. 더 많은 것을 받아쓸

준비가 돼 있거든요.

앨저넌 (약간 놀라 당황하면서) 으흠! 으흠!

세실리 오, 어니스트, 기침하지 마세요. 받아쓰기를 시키는 사
람은 매끄럽게 말해야지 기침을 해서는 안돼요. 게다가, 기
침소리를 어떻게 적어야 할지 모르겠거든요. (앨저넌이 말하
는 대로 적는다.)

앨저넌 (매우 빠르게 말한다) 세실리, 당신의 놀랍고도 비길 데
없는 아름다움을 처음 본 이후로 나는 격렬하게, 열정적으
로, 헌신적으로, 절망적으로 당신을 사랑하게 됐어요.

세실리 당신이 나를 격렬하게, 열정적으로, 헌신적으로, 절망적
으로 사랑한다고 말해야만 한다고 생각하진 않아요. '절망적
으로'라는 표현은 합리적이지 않아요. 그렇지 않나요?

앨저넌 세실리!

메리맨이 들어온다.

메리맨 마차가 대기 중입니다. 선생님.

앨저넌 다음 주 같은 시간에 다시 와달라고 하세요.

메리맨 (아무런 시선도 주지 않는 세실리를 바라보며) 알겠습니
다, 선생님.

메리맨이 물러간다.

세실리 다음 주, 같은 시간까지 당신이 머물 것이라는 걸 알게
되면 잭 아저씨가 굉장히 화를 내실 텐데요.

앨저넌 아, 난 잭에 대해선 신경 안 써요. 이 세상에서 당신 외
에는 아무에게도 신경 쓰지 않아요. 세실리, 당신을 사랑합
니다. 나와 결혼해주세요. 그러실 거죠?

세실리 당신은 참으로 바보 같은 사람이군요! 당연히 그래야죠.
우린 약혼한지 3개월이나 됐잖아요.

앨저넌 3개월이나 됐다구요?

세실리 그럼요. 목요일이면 정확히 3개월이 되죠.

앨저넌 그런데 우리는 어떻게 약혼을 하게 된 거죠?

세실리 그러니까, 잭 아저씨가 아주 사악하고 나쁜 동생이 있다
는 걸 우리에게 처음으로 고백한 후부터 나와 프리즘 선생님
의 대화에서는 당연히 당신이 주된 이야깃거리였어요. 당연
하게도 가장 많이 화제에 오르는 남자는 언제나 대단히 매력
적이죠. 결국 그런 남자에게는 무언가 특별한 것이 있다고
느끼게 되거든요. 아마도 그건 내가 어리석어서 그런 것이겠
지만, 어니스트, 나는 당신을 사랑하게 되었어요.

앨저넌 내 사랑! 그런데 실제로 약혼은 언제 정해진 거죠?

세실리 지난 2월 14일이에요. 당신이 나에 대해 전혀 모른다는
사실에 지쳐버려서 어떤 식으로든 이 문제를 매듭짓기로 결
심했어요. 한참 동안 갈등하다가 마침내 여기 있는 이 소중
한 고목나무 아래에서 당신을 받아들였어요. 그 다음 날 당
신을 기념하기 위해 이 작은 반지를 샀어요. 그리고 이건 내
가 언제나 착용하고 있겠다고 당신에게 약속했던 진실한 연
인의 장식 매듭이 있는 작은 팔찌예요.

앨저넌 내가 당신에게 이것을 주었나요? 무척 예쁘군요. 그렇지 않나요?

세실리 그래요 어니스트, 당신의 취향은 놀라울 정도로 멋져요. 그것 때문에 나는 언제나 그처럼 방탕한 당신의 생활을 용서해주었어요. 그리고 이건 당신의 소중한 편지들을 모두 모아둔 상자예요. (식탁 앞에 무릎을 꿇고, 상자를 열어 파란 리본으로 묶어놓은 편지들을 꺼낸다.)

앨저넌 내가 보낸 편지라고요! 내 사랑 세실리, 하지만 난 당신에게 편지를 보낸 적이 없잖아요.

세실리 어니스트, 나에게 그것을 알려줄 필요는 없어요. 내가 너무나도 잘 기억하고 있는 건 당신 대신 내가 편지를 써야만 했다는 것이서는요. 언제나 일주일에 세 번씩 썼는데, 가끔은 더 자주 쓰기도 했어요.

앨저넌 오, 세실리, 그 편지들을 읽어봐도 될까요?

세실리 음, 그럴 수는 없을 것 같아요. 당신을 지나치게 우쭐거리도록 만들 거예요. (상자를 되돌려놓는다.) 약혼을 깨버린 후에 당신이 내게 썼던 세 통의 편지는 너무나도 아름다웠지만, 너무 엉망으로 써서 지금도 눈물을 흘리지 않고는 거의 읽을 수가 없어요.

앨저넌 그런데, 우리의 약혼이 깨졌었나요?

세실리 물론 그랬지요. 지난 3월 22일이었어요. 원하신다면 써놓은 걸 보실 수 있어요. (일기를 보여준다.) '오늘 어니스트와 약혼을 깼다. 그렇게 하는 편이 더 나은 것 같다. 날씨는 여전히 매력적이다.'

앨저넌 그런데 대체 약혼을 깬 이유는 무엇인가요? 내가 어떤 짓을 했나요? 난 아무 짓도 안했거든요. 세실리, 약혼을 깨버렸다는 소리를 들으니 무척 마음이 아프군요. 특히 날씨가 그렇게 매력적인 날이었다니.

세실리 적어도 한번쯤은 깨지지 않는다면, 진지한 약혼이 될 수는 없잖아요. 하지만 그 주가 끝나기 전에 난 당신을 용서했어요.

앨저넌 (그녀에게 다가가 무릎을 꿇으면서) 세실리, 당신은 정말 완벽한 천사로군요.

세실리 당신은 정말 낭만적인 사람이구요. (그가 키스를 하고, 그녀는 손가락으로 그의 머리카락을 쓸어내린다.) 당신이 타고난 곱슬머리라면 좋겠어요. 그런가요?

앨저넌 그래요, 내 사랑. 다른 사람들의 도움을 조금 받기는 했어요.

세실리 정말 기쁘군요.

앨저넌 세실리, 앞으로는 절대로 우리의 약혼을 깨는 일은 없겠지요?

세실리 이제는 실제로 당신을 만났으니 내가 약혼을 깰 수 있다고 생각하진 않아요. 물론 당신의 이름에 대한 의문은 여전히 남아 있어요.

앨저넌 그래요, 물론 그렇죠. (안절부절못한다.)

세실리 내 사랑, 나를 비웃지는 마세요. 하지만 어니스트라는
　　　이름을 가진 사람을 사랑하는 것은 언제나 품고 있던 나의
　　　소녀 같은 꿈이었어요. (앨저넌이 일어서자, 세실리도 일어
　　　선다.) 그 이름 속에는 절대적인 신뢰감을 일으키는 어떤 것
　　　이 있거든요. 남편의 이름이 어니스트가 아닌 불쌍한 유부녀
　　　는 너무 측은하다고 생각해요.

앨저넌 하지만 나의 사랑스러운 소녀, 내가 다른 이름을 가졌다
　　　면 사랑할 수 없다는 것인가요?

세실리 하지만… 어떤 이름인데요?

앨저넌 오, 당신이 좋아하는 어떤 이름이든… 예를 들어… 앨저
　　　넌 같은….

세실리 하지만 난 앨저넌이란 이름은 좋아하지 않아요.

앨저넌 나의 소중하고, 귀엽고 사랑스러운 내 사람, 당신이 앨
　　　저넌이라는 이름을 싫어하는 이유를 정말 알 수가 없군요.
　　　전혀 나쁜 이름이 아니잖아요. 실제론 오히려 귀족적인 이름
　　　이기도 하고요. 파산법원에 들어오는 사람들 중 절반은 앨저

넌이라고 불리거든요. 그런데 세실리, 진지하게 하는 말인데 … (그녀에게 다가가면서) 내 이름이 앨지라면, 나를 사랑할 수 없다는 건가요?

세실리 (일어서면서) 어니스트, 당신을 존경할 수는 있을 거예요. 당신의 품격을 존중할 수는 있겠지만 오직 당신에게만 집중할 수는 없을 것 같군요.

앨저넌 으흠! 세실리! (모자를 집어들며) 이곳 교구의 신부님은 교회의 모든 의식과 전례를 완벽하게 수행하는 분이시겠죠?

세실리 오, 그럼요. 채서블 박사님은 대단히 박식한 분이시죠. 책을 한 권도 집필하신 적이 없는 것을 보면, 그분이 얼마나 많은 걸 알고 계신지 상상하실 수 있을 거예요.

앨서넌 가상 숭요한 세례를 위해 지금 당장 그분을 만나야 해요. 그러니깐, 대단히 중요한 일이라는 뜻이에요.

세실리 오!

앨저넌 30분 이상 걸리지는 않을 거예요.

세실리 우리가 2월 14일부터 약혼한 사이이고, 오늘에서야 처음
    으로 당신을 만났다는 걸 생각하면 당신이 30분이나 떠나 있
    어야 한다는 건 너무 힘든 일이로군요. 20분으로 줄일 수는
    없을까요?

앨저넌 즉시 돌아올게요.

그녀에게 키스하고 정원으로 급히 내려간다.

세실리 무척이나 성급한 사람이구나! 난 그의 머리카락이 아주
    좋아. 일기장에 그가 청혼했다고 써넣어야지.

메리맨이 들어온다.

메리맨 페어팩스 양이라는 분이 워딩 씨를 만나러 지금 도착하
    셨습니다. 매우 중요한 일이 있다고 하시는군요.

세실리 워딩 씨는 서재에 계시지 않나?

메리맨 워딩 씨는 조금 전에 사제관 쪽으로 가셨습니다.

세실리　그러면 그 숙녀분을 여기로 오시라고 해. 워딩 씨는 곧
　　돌아오실 거야. 그리고 차를 준비해 줘.

메리맨　알겠습니다, 아가씨. (나간다.)

세실리　페어팩스 양이라구! 잭 아저씨가 런던에서 하고 있는 자
　　선사업과 관련된 노부인들 중의 한 명일 것 같은데. 난 자선
　　사업에 관심을 갖는 여자들이 정말 싫어. 주제넘은 일이라고
　　생각하거든.

메리맨이 들어온다.

메리맨　페어팩스 양이십니다.

그웬덜린이 들어온다.
메리맨이 나간다.

세실리　(그녀를 맞이하러 다가가면서) 제 소개를 하겠습니다.
　　저는 세실리 카듀입니다.

그웬덜린 세실리 카듀? (그녀에게 다가가 악수를 한다.) 정말 예쁜 이름이네요! 어쩐지 우린 좋은 친구가 될 것 같아요. 말로 표현할 수 있는 것 이상으로 저는 벌써 아가씨가 좋군요. 사람들에 대한 나의 첫인상은 한번도 틀려본 적이 없거든요.

세실리 만난 지 얼마 되지도 않았는데 벌써 나를 그렇게 좋아하신다니 정말 다정한 분이시군요! 자리에 앉으시지요.

그웬덜린 (계속 서 있으면서) 제가 세실리라고 불러도 괜찮을까요?

세실리 물론이죠!

그웬덜린 그러면 이제부터 나를 그웬덜린이라고 불러주실 거죠?

세실리 그렇게 하지요.

그웬덜린 자, 그러면 모두 다 정리됐군요. 그렇죠?

세실리 그런 것 같군요. (잠시 침묵. 두 사람이 자리에 앉는다.)

그웬덜린 제가 누구인지 말씀드리기에 적당한 기회일 것 같군
요. 제 아버지는 브랙널 경이에요. 아빠에 대해 들어본 적은
없으시죠?

세실리 그런 것 같아요.

그웬덜린 아빠는 다행히도, 집밖에는 전혀 알려지지 않았어요.
당연히 그래야 한다고 생각해요. 제가 보기에 가정이 남자
에게는 고유한 영역인 것 같아요. 확실히 남자는 일단 가정
의 의무를 소홀히 하기 시작하면, 끔찍할 정도로 나약해지잖
아요? 난 그렇게 되는 것이 싫어요. 남자를 정말 매력적으로
만들거든요. 세실리, 무척이나 엄격한 엄마의 교육관이 나를
지독한 근시로 만들었어요. 그게 엄마의 방식이지요. 그래서
말인데요, 안경을 끼고 당신을 봐도 괜찮을까요?

세실리 오! 괜찮아요, 그웬덜린. 난 남들이 바라봐주는 걸 아주
좋아하거든요.

그웬덜린 (오페라 글라스로 세실리를 꼼꼼히 살펴본 후) 아가씨
는 여기에 잠깐 방문한 것 같군요.

세실리 아, 아니에요! 난 여기에 살아요.

그웬덜린 (심각한 표정으로) 정말이에요? 그렇다면 분명 당신의
　　　　어머니나 연장자인 여자 친척분도 여기에 사시겠군요?

세실리 오, 아니에요! 전 엄마는 없고요, 사실, 친척도 전혀 없
　　　어요.

그웬덜린 정말이에요?

세실리 프리즘 선생님의 도움을 받으면서, 저의 소중한 후견인
　　　께서 저를 보살피는 힘든 일을 하고 계시죠.

그웬덜린 당신의 후견인이라고요?

세실리 그래요, 저는 워딩 씨의 보호를 받고 있어요.

그웬덜린 오! 후견하는 사람이 있다는 말은 전혀 하지 않았다는
　　　　것이 이상하군요. 그는 정말 숨기는 것이 많은 사람이군요!
　　　　시간이 지날수록 점점 더 흥미로워지네요. 하지만, 이 새로

운 소식이 순수한 기쁨을 일어나게 하는 것 같지는 않군요. (일어서서 그녀에게 다가가면서) 세실리, 나는 아가씨를 정말 좋아해요. 처음 만났을 때부터 좋아했어요! 하지만 워딩 씨의 보호를 받고 있다는 것을 알게 된 지금, 아가씨가 보이는 것보다 약간 더 나이가 들었으면 좋겠다는 것, 그리고 외모가 그다지 매력적이지 않으면 좋겠다는 아쉬움을 밝히지 않을 수가 없군요. 사실, 솔직하게 말하자면 ….

세실리 솔직하게 말해주세요! 기분 나쁜 것을 말해야 할 때는 언제든 솔직해야 한다고 생각해요.

그웬덜린 그래요, 아주 솔직하게 말해서, 세실리, 나는 당신이 꽉 찬 마흔두 살이라면 좋겠어요. 그리고 같은 나이의 아가씨들보다 더 예쁘지 않으면 좋겠어요. 어니스트는 성격이 대단히 올곧은 사람이에요. 진실과 명예를 소중히 여기는 사람이지요. 그가 신의 없는 행위를 한다는 건 남을 속이는 것만큼이나 불가능한 일이거든요. 하지만 가장 고귀한 도덕을 갖춘 사람일지라도 여자들의 육체적인 매력 앞에선 너무나도 쉽게 빠져들지요. 고대의 역사는 물론 현대의 역사에서도 내가 지금 말하는 것들의 가슴 아픈 예들을 많이 보여주고 있거든요. 사실, 그렇지 않았다면, 역사책은 아무도 읽지 않았을 거예요.

세실리 그웬덜린 잠시만요, 지금 어니스트라고 했나요?

그웬덜린 그래요.

세실리 하지만 제 후견인은 어니스트 워딩 씨가 아니에요. 제 후견인은 그의 형제분이에요. 그의 형이지요.

그웬덜린 (다시 자리에 앉으며) 어니스트는 저에게 동생이 있다 고 말한 적이 없어요.

세실리 안타깝게도 그 두 사람은 오랫동안 사이가 좋지 않았거 든요.

그웬덜린 아! 이제야 알겠군요. 지금 생각해보니 그의 동생에 대해 말하는 사람은 아무도 없었어요. 대부분의 남자들이 그 얘기는 하기 싫었던 모양이군요. 세실리, 덕분에 마음의 짐 을 내려놓게 되었어요. 점점 불안해지고 있었거든요. 우리들 의 우정에 약간의 먹구름이라도 끼게 된다면 정말 끔찍한 일 이 아니겠어요? 후견인이 어니스트 워딩 씨가 아니라는 것이 정말, 정말 확실한 거죠?

세실리 틀림없어요. (잠시 침묵) 사실은 내가 그의 사람이 될 거
　　　거든요.

그웬덜린 (캐묻는 듯이) 다시 한 번 말해주실래요?

세실리 (약간 수줍어하며 확신하는 태도로) 내 친구 그웬덜린,
　　　그것을 당신에게 비밀로 할 이유는 전혀 없어요. 다음 주에
　　　조그만 우리 마을의 신문에 분명히 그 사실이 발표될 거예
　　　요. 어니스트 워딩 씨와 나는 결혼을 약속했어요.

그웬덜린 (매우 우아한 태도로 일어서면서) 내 친구 세실리, 약
　　　간의 착오가 있는 것이 분명하군요. 어니스트 워딩 씨는 나
　　　와 약혼했거든요. 약혼 발표는 아무리 늦어도 토요일자 모닝
　　　포스트지에 실릴 거예요.

세실리 (매우 우아하게 일어나면서) 뭔가 잘못 알고 계신 것 같
　　　군요. 어니스트는 정확하게 10분 전에 나에게 청혼을 했거든
　　　요. (일기장을 보여준다)

그웬덜린 (오페라 글라스로 일기장을 꼼꼼히 살펴본다.) 정말 이상한 일이지만, 어제 오후 5시 30분에 자신의 아내가 되어 달라고 청혼했거든요. 그것이 사실인지 확인하고 싶다면 직접 확인해보세요. (자신의 일기장을 앞으로 내민다.) 나는 일기장 없이 여행을 다닌 적이 없어요. 기차 안에서는 언제나 흥미진진한 일이 있어야 하거든요. 세실리, 이 일로 조금이라도 실망했다면 정말 미안하지만 우선적인 권리가 나한테 있는 것 같군요.

세실리 소중한 그웬덜린, 이 일로 당신이 정신적으로나 육체적으로 괴로워진다면, 그 어떤 말로 표현할 수 있는 것보다 더 나를 슬프게 만들 거예요. 하지만, 어니스트가 당신에게 청혼한 이후로 마음이 변했다는 걸 분명하게 밝히지 않을 수가 없군요.

그웬덜린 (생각에 잠기면서) 불쌍한 그 사람이 속아서 어리석은 약속에 빠져버린 것이라면, 지금 당장 손을 내밀어 그 사람을 구해내는 것이 나의 의무라고 생각해요.

세실리 (동정심을 보이며 슬픈 표정으로) 소중한 그 사람이 불행한 남녀관계에 빠져들게 되었다 해도, 결혼한 후에 나는 절대로 그를 비난하진 않을 거예요.

그웬덜린 카듀 양, 지금 은근히 내가 얽어맸다고 말하고 있는 건가요? 정말 건방지군요. 이런 종류의 일에선 솔직하게 털어놓는 것이 도덕적인 의무를 넘어서는 일이 되는 거예요. 즐거운 일이 되거든요.

세실리 페어팩스 양, 지금 내가 어니스트를 속여서 약혼했다고 말하는 건가요? 감히 어떻게 그런 말을 할 수 있죠? 지금은 예의라는 천박한 가면을 쓰고 있을 때가 아니에요. 난 삽을 보면 삽이라고 말하거든요.

그웬덜린 (비꼬듯이) 삽을 한 번도 본 적이 없다고 말할 수 있어서 다행이군요. 분명하게도 우리들의 사회적 신분은 엄청 다르군요.

메리맨이 들어오고 뒤이어 마부가 들어온다. 메리맨은 쟁반, 식탁보 그리고 접시 진열대를 옮기고 있다. 세실리가 반박할 말을 준비하고 있다. 하인들이 있어서 감정을 억누르게 되고 두 사람은 안절부절 못한다.

메리맨 아가씨, 평소처럼 차를 여기로 내올까요?

세실리 (차분한 목소리로 근엄하게) 평소처럼 그렇게 해주세요.
    (메리맨은 식탁을 정리하고 식탁보를 펼치기 시작한다. 긴
    침묵이 흐르고, 세실리와 그웬덜린은 서로를 노려본다.)

그웬덜린 카듀 양, 가까운 곳에 괜찮은 산책로가 많이 있나요?

세실리 아, 물론이죠! 아주 많지요. 아주 가까운 언덕의 꼭대기
    에서는 다섯 군데의 마을을 볼 수 있어요.

그웬덜린 마을 다섯 개라! 별로 좋을 것 같진 않군요. 난 북적대
    는 건 싫거든요.

세실리 (상냥하게) 그래서 도시에 살고 계시는군요? (그웬덜린
    은 입술을 깨물고 신경질적으로 양산으로 자신의 발을 내려
    친다.)

그웬덜린 (주위를 돌아보며) 카듀 양, 이 정원은 관리가 잘 되어
    있군요.

세실리 페어팩스 양, 마음에 드신다니 정말 기쁘군요.

그웬덜린 이런 시골에 꽃이 있을 거라곤 생각조차 못했어요.

세실리 오, 페어팩스 양, 런던에는 사람들이 흔한 것처럼 여기
엔 꽃들이 흔해요.

그웬덜린 개인적으로 나는 사람들이 어떻게 시골에서 살 수 있
는지 이해할 수 없어요. 시골은 언제나 끔찍할 정도로 지루
하거든요.

세실리 아하 ! 이것이 신문에서 농촌 공황이라고 말하는 것이군
요. 그렇지 않나요? 지금 그것 때문에 귀족들이 엄청난 고통
을 당하고 있죠. 귀족들 사이에선 거의 유행병이라고 하더군
요. 페어팩스 양, 차를 드릴까요?

그웬덜린 (한껏 공손한 척 꾸미면서) 고마워요. (방백으로) 정말
꼴 보기 싫은 애로군! 하지만 차는 마시고 싶네!

세실리 (상냥하게) 설탕을 넣을까요?

그웬덜린 (거드름을 피우며) 아니요, 괜찮아요. 더 이상 설탕은 유행이 아니거든요. (세실리는 성난 표정으로 그녀를 바라본 후 집게를 들어 각설탕 네 개를 잔에 넣는다.)

세실리 (딱딱하게) 케이크를 드릴까요, 아니면 버터 바른 빵을 드릴까요?

그웬덜린 (따분하다는 듯이) 버터 바른 빵을 주세요. 요즘 상류 가정에선 케이크를 거의 찾아볼 수 없거든요.

세실리 (큼직하게 자른 케이크 조각을 접시 위에 놓는다) 그것을 페어팩스 양에게 드리세요.

메리맨이 케이크를 건네주고 마부와 함께 나간다. 그웬덜린은 차를 마시고 얼굴을 찌푸린다. 즉시 잔을 내려놓고 버터 바른 빵을 잡으려고 손을 뻗다가 케이크라는 것을 알게 된다. 화가 나서 자리에서 일어선다.

그웬덜린 내 차에 설탕을 잔뜩 집어넣었고, 분명히 버터 바른 빵을 먹겠다고 했는데도 케이크를 주었군요. 난 온순하고 성품이 놀라울 정도로 상냥하다고 알려져 있지만, 카듀 양, 경고해 두겠는데, 지나치게 굴지 마세요.

세실리 (일어서면서) 불쌍하고, 순진하고, 의심할 줄 모르는 내
　애인을 다른 어떤 여자의 음모로부터 구하기 위해서라면 나
　는 어떤 짓도 할 수 있어요.

그웬덜린 처음 본 순간부터 난 당신을 믿지 않았어요. 난 당신
　이 경솔하고 남을 잘 속이는 사람이라고 생각했어요. 나는
　그런 문제로 속아본 적이 없어요. 사람들에 대한 나의 첫 인
　상은 언제나 옳았거든요.

세실리 페어팩스 양, 제가 당신의 귀중한 시간을 빼앗은 것 같
　군요. 이 근처에서 비슷한 용건으로 다른 곳도 많이 방문해
　야 할 텐데 말이에요.

잭이 들어온다.

그웬덜린 (그의 모습을 보고) 어니스트! 나의 어니스트!

잭 그웬덜린! 내 사랑! (그녀에게 키스를 하려고 한다.)

그웬덜린 (뒤로 물러선다.) 잠깐만요! 당신이 이 젊은 숙녀와 결혼하기로 약속했는지 물어봐도 될까요?

잭 (웃으면서) 꼬마 세실리하고! 물론 아니죠! 당신의 작고 귀여운 머리로 어떻게 그런 생각을 하게 되었죠?

그웬덜린 고마워요. 키스해도 좋아요. (뺨을 내민다.)

세실리 (매우 상냥하게) 페어팩스 양, 어떤 오해가 있었다는 걸 알고 있었어요. 지금 당신의 허리를 팔로 감싸고 있는 신사분은 저의 후견인인 존 워딩 씨예요.

그웬덜린 뭐라구요?

세실리 이분이 잭 아저씨라고요.

그웬덜린 (물러서며) 잭이라구요! 아니!

앨저넌이 들어온다.

세실리 어니스트 씨가 오시는군요.

앨저넌 (아무도 의식하지 못하고 곧장 세실리에게 다가간다.)
　　　내 사랑! (그녀에게 키스를 하려 한다.)

세실리 (뒤로 물러선다) 어니스트, 잠깐만요! 당신이 이 젊은 숙
　　　녀와 결혼하기로 약속했는지… 물어봐도 될까요?

앨저넌 (주변을 둘러본다.) 어떤 젊은 숙녀 말입니까? 이런 맙
　　　소사! 그웬덜린 !

세실리 맞아요! 그 맙소사 그웬덜린하고 약혼을 했냐는 거예요.

앨저넌 (웃으며) 당연히 아닙니다! 당신의 작고 어여쁜 머릿속
　　　에 어떻게 그런 생각이 자리 잡을 수 있었을까요?

세실리 고마워요 (키스하라고 뺨을 내밀며) 키스해도 좋아요.
　　　(앨저넌은 그녀에게 키스를 한다.)

그웬덜린 카듀 양, 약간의 오해가 있었던 것 같군요. 지금 당신
　　　을 안고 있는 그 신사분은 나의 사촌인 앨저넌 몽크리프 씨
　　　예요.

세실리 (앨저넌에게서 떨어져 나오며) 앨저넌 몽크리프라구요!
　　오! (두 아가씨는 서로를 향해 움직이면서 마치 보호하려는
　　듯 서로의 허리를 팔로 감는다.)

세실리 앨저넌이라고 부른다구요?

앨저넌 아니라고 할 순 없군요.

세실리 오!

그웬덜린 당신의 이름은 정말 존인가요?

잭 (약간 의기양양한 태도로 일어서며) 내가 원한다면 그 이름
　　을 거부할 수는 있어요. 나는 원한다면 무엇이든 거부할 수
　　있으니까요. 하지만 내 이름은 분명 존이에요. 오랫동안 존
　　이었어요.

세실리 (그웬덜린을 향해) 우리 둘 다 야비한 속임수에 당했던
　　것이군요.

그웬덜린 상처받은 나의 불쌍한 세실리!

세실리 부당하게 취급받은 나의 사랑스러운 그웬덜린!

그웬덜린 (천천히 그리고 진지하게) 나를 언니라고 부르지 않겠
니? (두 사람이 포옹한다. 잭과 앨저넌은 괴로워하며 이리저
리 서성거린다.)

세실리 (약간 밝은 얼굴로) 후견인께서 허락해 주신다면, 한 가
지 물어볼 것이 있어요.

그웬덜린 정말 훌륭한 생각이야! 워딩 씨, 허락해 주신다면 당
신에게 한 가지 물어보고 싶은 것이 있어요. 당신의 동생 어
니스트는 어디 있죠? 우리 둘 다 당신의 동생 어니스트와 약
혼을 했으니, 우리에겐 그 어니스트가 지금 어디에 있는지를
아는 것이 중요한 문제거든요.

잭 (느릿느릿 주저하면서) 그웬덜린, 세실리, 사실을 밝힐 수
밖에 없으니 나로선 매우 괴로운 일이군요. 이처럼 괴로운
입장에 몰리게 되는 건 평생 처음 겪는 일입니다. 그리고 이
런 일을 처리하는 데에는 정말 서투르거든요. 하지만 나에겐

어니스트라는 동생이 없다는 걸 솔직하게 말해야겠네요. 나에겐 동생이 한 명도 없어요. 평생 동생이 있어본 적이 없어요. 그리고 앞으로도 동생을 가질 의도도 전혀 없고요.

세실리 (놀라며) 동생이 전혀 없다고요?

잭 (기운차게) 없어요!

그웬덜린 (심각하게) 어떤 종류의 동생도 있어본 적이 없다는 거예요?

잭 (유쾌하게) 전혀 없었어요! 그 어떤 동생도 없었죠.

그웬덜린 세실리, 그렇다면 우리 둘 다 결혼을 약속한 사람이 없는 것이 분명한 것 같군요.

세실리 젊은 여자가 갑작스럽게 이런 상황에 빠져들게 된 것은 그다지 좋은 일이라고 할 수는 없겠죠, 그렇죠?

그웬덜린 집안으로 들어가자. 저 사람들이 감히 우리를 쫓아오지는 못할 거야.

세실리 맞아요, 남자들은 정말 비겁해요. 그렇죠?

그들은 경멸하는 표정을 지으며 집안으로 들어간다.

잭 이런 불쾌한 상황이 바로 자네가 말하는 그 번버링인 것 같
   은데?

앨저넌 맞아, 이거야말로 완벽하게 멋진 번버리야. 내가 여태까
   지 겪어본 것 중에서 가장 멋진 번버리로군.

잭 여튼, 자네는 여기에서 그 어떤 번버리도 할 권리가 없어.

앨저넌 그건 터무니없는 소릴세. 누구든 어디에서나 번버리를
   할 권리는 있어. 진지한 번버리스트들이라면 모두 그걸 알고
   있지.

잭 진지한 번버리스트라고? 이런, 젠장!

앨저넌 그런데, 인생에서 조금이라도 즐거움을 갖길 원한다
   면, 어떤 일에 대해 진지해야만 하거든. 나는 우연히 번버링

에 진지해졌어. 나는 자네가 도대체 어떤 것에 진지한지 전혀 알 수 없네. 어쩐지 모든 것에 다 진지하다는 생각이 들거든. 자네의 성격은 그처럼 완벽하게 시시한 거야.

잭 그래도, 이 불쾌한 사건 전체에서 조금이라도 만족스러운 부분이 있다면 자네의 친구인 번버리가 완전히 소멸되었다는 것이라네. 친애하는 앨지, 이제 자네는 예전에 그랬던 것처럼 시골에 자주 내려올 수는 없을 거야. 아주 잘된 일이기도 하지.

앨저넌 이봐 잭, 자네의 동생도 건강이 나쁘잖아? 장난스럽게 습관적으로 그랬듯이, 자네도 이젠 런던으로 사라져버릴 수 없을 거야. 그것 역시 나쁜 일은 아닌 것 같군.

잭 카듀 양에 대한 자네의 행동에 대해 이것만은 말해야겠어. 자네가 그처럼 사랑스럽고, 순수하고, 천진난만한 아이를 차지하려는 건 정말 용서할 수 없어. 세실리가 나의 보호를 받고 있다는 사실은 말할 필요도 없겠지.

앨저넌 자네가 페어팩스 양처럼 재기발랄하고, 똑똑하고, 경험이 풍부한 젊은 숙녀를 속일 수 있는 핑계는 전혀 찾아볼 수는 없군. 그웬덜린이 내 사촌이라는 사실은 말할 필요도 없 겠지.

잭 난 그웬덜린과 약혼하기를 원할 뿐이야. 난 그녀를 사랑하 거든.

앨저넌 그래, 난 단지 세실리와 약혼하기를 원하는 것일 뿐이 야. 그녀를 무척 좋아하거든.

잭 자네가 카듀 양과 결혼할 가능성은 전혀 없다네.

앨저넌 잭, 자네가 페어팩스 양이 맺어질 가능성도 그다지 없는 것 같은데.

잭 흠, 그건 자네가 상관할 바가 아니네.

앨저넌 만약 그것이 나의 일이었다면, 난 그 일에 대해선 말하 지 않을 걸세. (머핀을 먹기 시작한다.) 다른 사람의 사업에 대해 말하는 건 매우 야비한 일이거든. 주식 브로커들 같은 사람들이나 저녁 파티에서 그런 말을 하거든.

잭 이렇게 끔찍한 곤경에 빠져 있으면서 자네는 어떻게 태연하
게 머핀을 먹으며 거기에 앉아 있을 수 있는지, 나로선 이해
할 수 없군. 내 눈엔 자네가 완전히 냉혹한 사람처럼 보여.

앨저넌 안절부절못하면서 머핀을 먹을 수는 없잖아. 버터가 소
맷부리에 묻을 수도 있거든. 머핀은 언제나 차분하게 먹어야
만 하네. 머핀을 먹는 유일한 방법이지.

잭 이런 상황 속에서도 머핀을 먹는다는 건 자네가 정말 냉혹
하다는 뜻이야.

앨저넌 곤경에 빠져 있을 때, 유일하게 나를 위로해주는 건 먹
는 것이지. 사실, 내가 엄청난 곤경에 빠져 있을 때, 나는 음
식과 마실 것 외에는 모두 다 거부한다는 걸 나를 잘 아는 사
람들은 누구든 자네에게 말해 줄 걸세. 지금 내가 머핀을 먹
고 있는 건 행복하지 않기 때문이야. 게다가, 나는 머핀을
특히 좋아하거든. (일어서면서)

잭 (일어서면서) 그렇다고 해서 자네가 그렇게 머핀을 게걸스
럽게 전부 다 먹어치울 이유가 되진 않아. (앨저넌에게서 머
핀을 뺏는다.)

앨저넌 (차에 곁들이는 케이크를 주면서) 그 대신 자네는 이 케이크를 먹게나. 난 케이크를 좋아하지 않거든.

잭 맙소사! 자기 집 정원에서 자기 집에서 만든 머핀은 먹을 수 있어야 하는 거지.

앨저넌 하지만 방금 전에 머핀을 먹는 건 정말 냉혹한 일이라고 했잖아.

잭 그 상황에서는 정말 냉혹한 사람이라고 했던 거지. 그건 전혀 다른 문제거든.

앨저넌 그럴 수도 있겠지만, 머핀은 머핀이야. (잭에게서 머핀 접시를 뺏는다.)

잭 앨지, 제발 자네가 가버리면 좋겠어.

앨저넌 저녁도 먹지 않았는데, 가라고 하면 안 되지. 그건 말도 안 되는 일이야. 저녁을 먹지 않고는 절대 가지 않을 거야. 채식주의자 같은 사람들 외에는 아무도 그렇게 하진 않아.

게다가 6시 15분 전에 어니스트라는 이름으로 세례를 받겠다고 방금 전에 채서블 박사님과 약속을 했거든.

잭 이보게 친구, 그런 허튼 짓은 빨리 포기할수록 좋아. 나는 5시 30분에 세례를 받으려고 오늘 아침에 채서블 박사님과 약속을 했으니, 당연히 어니스트라는 이름을 갖게 될 거야. 그 웬덜린이 그 이름을 원하거든. 우리 둘 다 어니스트로 세례를 받을 수는 없어. 그건 터무니없는 일이야. 게다가 나에겐 내가 원하는 이름으로 세례를 받을 완벽한 권리가 있거든. 내가 누구에게든 세례를 받았다는 증거가 전혀 없거든. 내가 세례를 받지 않았다는 건 거의 틀림이 없고, 채서블 박사님도 그렇게 생각하거든. 자네의 경우와는 전혀 다르지. 자네는 이미 세례를 받았잖아.

앨저넌 그렇기는 하지만, 난 오랫동안 세례를 받지 않았어.

잭 그렇긴 하지만 세례를 받았잖아. 그게 중요한 거지.

앨저넌 맞아. 그래서 내가 세례를 견뎌낼 수 있는 체질이라는 걸 알고 있는 거지. 세례를 받은 적이 있는지도 정확히 모르면서, 지금 위험을 무릅쓰려고 하는 건 위험한 일이라고 말해주고 싶군. 자네의 건강을 심하게 해칠 수도 있거든. 자네와 아주 가까운 관계에 있는 어떤 사람이 이번 주에 파리에서 극심한 오한으로 거의 죽을 뻔했다는 걸 잊지는 않았을 텐데…

잭 그렇기는 하지만 심한 오한은 유전이 아니라고 했던 건 자네였잖아.

앨저넌 일반적으로는 유전이 아니지만, 요새는 아마 유전일 거야. 과학은 언제나 놀라울 정도로 발전하잖아.

잭 (머핀 접시를 들면서) 그건 말도 안되는 소리야. 자네는 항상 터무니없는 이야기만 하는군.

앨저넌 잭, 또 머핀을 먹으려고 하는군. 먹지 않았으면 좋겠네. 두 개밖에 안 남았잖아. (머핀을 집는다.) 내가 머핀을 특별히 좋아한다고 말했잖아.

잭 하지만 난 케이크가 싫거든.

앨저넌 그렇다면, 대체 왜 손님들에겐 케이크를 대접하는 건가? 손님 대접에 대한 자네의 생각이 궁금하군!

잭 앨저넌 ! 내가 가라고 했잖아. 자네가 여기에 없으면 좋겠
    어. 왜 안 가는 거야!

앨저넌 아직 차도 다 마시지 않았잖아! 게다가 머핀도 아직 한
    개가 남아 있고. (잭이 신음소리를 내며 의자에 앉는다. 앨
    저넌은 줄곧 머핀을 먹는다.)

막이 내린다.

제3막

무대

영주 저택의 거실

그웬덜린과 세실리가 창가에서 정원을 내다보고 있다.

그웬덜린 다른 사람들 같았으면 당장 우리를 따라 들어왔을 텐데, 그러지 않는 것을 보니 수치심이 조금은 남아 있는 것처럼 보이네.

세실리 머핀을 먹고 있어요. 마치 후회하고 있는 것처럼 보이는군요.

그웬덜린 (잠시 침묵 후) 우리를 전혀 의식하지 못하는 것 같은데. 기침을 해보는 건 어떨까?

세실리 하지만 기침이 나오질 않아요.

그웬덜린 우리들을 쳐다보고 있잖아. 정말 뻔뻔스럽군!

세실리 그들이 가까이 다가오고 있어요. 정말 대담하군요.

그웬덜린 우린 품위 있게 침묵을 지키기로 하자.

세실리 당연하죠. 지금은 그것밖에 할 수 없잖아요. (잭이 들어
　　　오고 앨저넌이 따라 들어온다. 그들은 영국 오페라의 인기곡
　　　을 휘파람으로 분다.)

그웬덜린 우리들의 품위 있는 침묵이 불쾌한 결과를 만드는 것
　　　같은데.

세실리 가장 끔찍한 결과로군요.

그웬덜린 하지만 우리가 먼저 말하면 안 돼.

세실리 절대 안되죠.

그웬덜린 워딩 씨, 당신에게 특별히 묻고 싶은 것이 있어요. 당

신의 대답에 따라 많은 것이 달라져요.

세실리 그웬덜린 언니의 상식은 매우 소중한 것이에요. 몽크리프 씨, 이 질문에 대답해 주세요. 당신은 왜 내 후견인의 동생인 척을 했나요?

앨저넌 당신을 만날 기회를 만들려고 그랬던 겁니다.

세실리 (그웬덜린에게) 만족스러운 해명인 것처럼 보이는군요. 그렇지 않나요?

그웬덜린 맞아. 네가 그를 믿을 수 있다면 그렇지.

세실리 그를 믿진 않아요. 하지만 그것이 그의 멋들어진 답변에는 아무런 영향도 끼치진 않는군요.

그웬덜린 맞아. 정말 중요한 일에서는 진지함보다 스타일이 더 중요하거든. 워딩 씨, 동생이 있는 척했던 것에 대해선 어떻게 해명하시겠어요? 도시로 와서 최대한 자주 나를 만날 기회를 만들기 위해 그랬던 건가요?

잭 페어팩스 양, 어떻게 그것을 의심할 수 있나요?

그웬덜린 나는 그 점이 가장 의심스럽거든요. 하지만 그 의심들
을 완전히 없애버리고 싶어요. 지금이 독일식 회의론이 필요
한 순간은 아니잖아요. (세실리에게 다가가면서) 저분들의
해명이 꽤나 마음에 드네. 특히 워딩 씨의 해명이 그렇군.
진실이라는 특징이 있는 것처럼 보이거든.

세실리 난 몽크리프 씨가 했던 말이 더 마음에 들어요. 그분의
목소리만으로도 완벽한 신뢰감이 느껴지잖아요.

그웬덜린 그렇다면 우리가 저분들을 용서해줘야 한다고 생각하
는 거야?

세실리 그래요. 내 말은 아니라는 뜻이에요.

그웬덜린 맞다! 깜빡 잊고 있었구나. 절대로 포기할 수 없는 중
요한 원칙들이 있지. 누가 말하는 것이 좋을까? 별로 즐거운
일은 아닌데 말이야.

세실리 우리 둘이 동시에 말하면 안 될까요?

그웬덜린 훌륭한 생각이야! 나는 거의 언제나 다른 사람들과 동
   시에 말을 하거든. 잠깐만 시간을 내줄래?

세실리 그럴게요. (그웬덜린이 손가락을 들어 올려 박자를 센
   다.)

그웬덜린과 세실리 (동시에 말한다.) 두 분의 세례명이 여전히 뛰
   어넘을 수 없는 장애물이에요. 그게 다예요!

잭과 앨저넌 (동시에 말한다.) 우리의 세례명! 그게 다라고요?
   하지만 우린 오늘 오후에 세례를 받으려고 해요.

그웬덜린 (잭을 향해) 나를 위해 그 무서운 일을 하시려고 하는
   건가요?

잭 그렇습니다.

세실리 (앨저넌을 향해) 제 마음에 들기 위해 그 무서운 시련을
   겪으시려는 건가요?

앨저넌 그렇습니다!

그웬덜린 양성평등을 말하는 건 정말 허튼 소리예요! 자기희생
　　이라는 문제에 관한한 남성들이 우리보다는 훨씬 낫거든요.

잭 그렇습니다. (앨저넌과 손을 마주잡는다.)

세실리 남성들에게는 우리 여성들이 전혀 모르는 육체적인 용
　　기를 발휘하는 순간이 있어요.

그웬덜린 (잭에게) 내 사랑!

앨저넌 (세실리에게) 내 사랑! (서로 끌어안는다.)

메리맨이 들어온다. 그 상황은 보게 된 그는 큰기침을 하며 들
어온다.

메리맨 으흠! 으흠! 브랙널 부인이 오셨습니다.

잭 이런 맙소사!

브랙널 부인이 들어온다. 연인들은 깜짝 놀라 떨어진다. 메리맨이 퇴장한다.

브랙널 부인 그웬덜린 이게 대체 무슨 일이냐?

그웬덜린 엄마, 단지 제가 워딩 씨와 약혼을 한 것일 뿐이에요.

브랙널 부인 이리 와봐라. 자리에 앉아. 빨리 앉아. 머뭇거린다는 건 젊은이의 경우엔 지력이 감퇴했다는 신호이고, 노인은 육체적으로 약해졌다는 신호지. (잭을 향해 돌아선다.) 이보게, 내 딸이 급히 떠났다는 소식을 듣고 즉시 화물열차를 타고 쫓아 왔다네. 딸아이의 충직한 하녀에게 하찮은 동전 한 닢을 주고 얻어낸 비밀이었지. 다행스럽게도, 저 아이의 가련한 아버지는 자기 딸이 평생교육원에서 '고정된 수입이 사고에 끼치는 영향'이라는 강의를 평소보다 더 오랫동안 듣고 있는 것이라 생각하고 있지. 그의 생각을 바로잡아 주라고 하는 말은 아니야. 사실 어떤 문제에서든 난 그의 생각을 바로잡아준 적이 없거든. 그러는 건 잘못이라고 생각하기 때문이지. 어쨌든 자네와 내 딸 사이의 모든 관계를 이 순간부터 즉시 끝내야 한다는 건 잘 알고 있겠지. 사실 모든 문제에서 그렇듯이, 이 문제에 대해서도 난 확고하다네.

잭 브랙널 부인, 전 그웬덜린과 결혼을 약속했습니다.

브랙널 부인 이보게, 자네는 그럴 수가 없어요. 그리고 이제 앨
    저넌에 대해 말해보도록 하지! … 앨저넌!

앨저넌 네, 오거스타 이모.

브랙널 부인 이 집이 너의 병약한 친구인 번버리 씨가 살고 있는
    곳이냐?

앨저넌 (머뭇거리면서) 아! 아니에요. 번버리는 여기에 살지 않
    습니다. 번버리는 지금 다른 곳에 있습니다. 사실, 번버리는
    죽었거든요.

브랙널 부인 죽었다고! 번버리 씨가 언제 죽었니? 급작스럽게
    죽은 모양이로구나.

앨저넌 (쾌활하게) 아, 오늘 오후에 제가 번버리를 죽였습니다.
    그러니깐, 제 말은 그 불쌍한 번버리가 오늘 오후에 죽었다
    는 뜻입니다.

브랙널 부인 무엇 때문에 죽었는데?

앨저넌 번버리요? 아, 그냥 폭파되었습니다.

브랙널 부인 폭파되었다고! 그가 혁명적인 폭동의 희생자였다는 것이냐? 번버리 씨가 사회적 입법에 관심이 있었다는 건 몰랐구나. 만약 그렇다면, 불온한 사상 때문에 벌을 받았으니 잘된 일이지.

앨저넌 오거스타 이모, 제 말은 그의 병이 밝혀졌다는 뜻이에요! 의사들이 번버리가 살 수 없다는 것을 밝혀냈고, 그래서 번버리가 죽은 겁니다.

브랙널 부인 자기 의사의 소견을 철석같이 믿었던 모양이로구나. 어쨌든, 결국에는 확실한 행동방침을 결정하고 적절한 의학적 조언을 따라 행동했다니 다행이로구나. 자, 이젠 그 번버리 씨도 결국 제거되었으니, 워딩 씨, 질문 하나 해도 될까요? 나에겐 특히나 불필요한 태도로 보이는데, 지금 내 조카인 앨저넌이 손을 잡고 있는 저 젊은 아가씨는 누구인가요?

잭 저 아가씨는 제가 후견하고 있는 세실리 카듀 양입니다. (브
   랙널 부인은 세실리에게 쌀쌀맞은 태도로 인사한다.)

앨저넌 오거스타 이모, 저는 세실리와 약혼했습니다.

브랙널 부인 뭐라고?

세실리 브랙널 부인, 몽크리프 씨와 저는 약혼을 했어요.

브랙널 부인 (몸을 떨며, 소파로 건너가 앉는다.) 여기 허트포드
   셔의 특정한 지역에 사람을 특별하게 흥분시키는 공기가 있
   는지는 모르겠지만, 약혼이 성사되는 횟수가 통계표에 나타
   나는 적정한 평균치를 훌쩍 뛰어넘는 것으로 보이는군요. 내
   입장에서 약간의 사전조사를 하는 것이 부적절하지는 않다
   고 생각해요. 워딩 씨, 카듀 양은 런던의 커다란 철도역들과
   조금이라도 관계가 있나요? 단순히 알고 싶어서 그래요. 어
   제까지만 해도 나는 종착역이 출생지라는 가정이나 사람들
   에 대해선 전혀 생각조차 해보지 못했거든요. (잭은 무척 화
   가 났지만 참는다.)

잭 (명확하고 차가운 목소리로) 카듀 양은 돌아가신 토머스 카듀 씨의 손녀딸입니다. 그 분은 사우스 웨일즈, 벨그라브 광장 149번지 그리고 서리 주, 도킹, 거베이스 파크 그리고 스코틀란드 파이프셔 주, 스포런에 사셨던 분이지요.

브랙널 부인 그다지 나쁘게 들리지는 않는군요. 상인이라 해도 주소가 세 개라면 언제나 신뢰감이 생기거든요. 하지만 그 주소들을 믿을 만한 증거는 있나요?

잭 그 시기의 법원안내서를 소중히 보관해 놓았습니다. 브랙널 부인, 편하실 때 확인해보실 수 있습니다.

브랙널 부인 (완강하게) 그 간행물에 이상한 오류들이 있다고 알고 있어요.

잭 마크비, 마크비, 그리고 마크비 씨가 카듀 양 가문의 변호사들입니다.

브랙널 부인 마크비, 마크비 그리고 마크비라고? 그 분야 최고의 위치에 있는 회사로군요. 사실 그 마크비 씨들 중의 한 분이 저녁 파티에 가끔 오신다는 소리는 들었어요. 지금까지는 마음에 드는군요.

잭 (대단히 약이 올라) 브랙널 부인, 무척 상냥하시군요! 저에
겐 부인께서 좋아하실 만한 자료들도 있습니다. 카듀 양의
출생일, 세례, 백일해, 호적, 예방주사, 견진성사 그리고 홍
역 예방주사 등 독일어는 물론 영어로도 작성된 증명서들을
보관하고 있죠.

브랙널 부인 아! 사건으로 점철된 인생이로군요. 알겠어요. 그래
도 젊은 여성에게는 지나치게 자극적인 인생인 것 같군요.
난 조숙한 경험을 좋아하진 않아요. (일어서며, 시계를 본
다.) 그웬덜린! 출발할 시간이 다 됐구나. 잠시도 지체할 시
간이 없어. 워딩 씨, 형식적이긴 하지만 그래도 내가 카듀
양에게 재산은 좀 있는지 물어보는 것이 좋겠죠?

잭 아! 대략 130만 파운드 정도의 공채가 있습니다. 안녕히 가
세요, 브랙널 부인. 뵙게 되어서 정말 즐거웠습니다.

브랙널 부인 (다시 자리에 앉으며) 잠깐만요, 워딩 씨. 130만 파
운드라고요! 그리고 공채라고요! 지금 보니 카듀 양은 무척
매력적인 아가씨로군요. 요즘엔 지속적이면서 시간과 더불

어 발전하는 확고한 자질을 갖춘 아가씨들이 드물죠. 말하기는 거북하지만, 우린 겉모습이 중요한 시대에 살고 있잖아요. (세실리를 향해) 아가씨, 이리로 와보세요. (세실리가 가로질러 간다.) 어여쁜 아가씨! 옷은 딱할 정도로 수수하고 머리카락은 거의 자연 그대로인 것처럼 보이는군요. 하지만 우리가 모두 다 순식간에 바꿔버릴 수 있어요. 경험이 풍부한 프랑스 가정부가 순식간에 최고의 결과를 만들어내거든요. 내가 젊은 귀부인 랜싱에게 한 사람을 추천해주었는데, 3개월 후엔 그녀의 남편조차 알아보지 못할 정도였어요.

잭 그러면 6개월 후에는 아무도 알아보지 못하겠군요.

브랙널 부인 (잠시 잭을 노려본 후, 억지스러운 미소를 지으며 세실리에게 눈길을 돌린다.) 사랑스러운 아가씨, 한번 돌아보실래요. (세실리는 완전히 한 바퀴를 돈다.) 아니, 난 옆모습을 보고 싶어요. (세실리가 옆모습을 보여준다.) 그래요, 내가 예상했던 대로군요. 아가씨의 옆모습에는 뚜렷한 사교적 가능성이 있어요. 우리 시대의 두 가지 약점이라면 원칙이 부족하다는 것과 옆모습이 부실하다는 거죠. 턱을 약간 더 올려 봐요. 스타일은 대부분 턱을 보여주는 방식에 따라서 좌우되거든요. 요즘엔 다들 턱을 아주 높게 들고 있어요.

앨저넌!

앨저넌 네, 오거스타 이모!

브랙널 부인 카듀 양의 옆모습에는 사교적 가능성이 뚜렷하게 있구나.

앨저넌 세실리는 세상에서 가장 상냥하고, 소중하고, 어여쁜 여성이에요. 전 사교적 가능성에 대해선 전혀 관심이 없어요.

브랙널 부인 앨저넌, 사교계에 대해 무례하게 말해선 안 돼. 사교계에 들어갈 수 없는 사람들이나 그런 소릴 하는 거지. (세실리에게) 아가씨, 앨저넌이 부채 외에는 의지할 것이 전혀 없다는 건 당연히 알고 있겠죠. 난 돈을 위해 결혼하는 건 허락하지 않아요. 브랙널 경과 결혼할 때, 나에겐 재산이 전혀 없었거든요. 그것이 내 앞길을 막을 거라고는 한순간도 생각해본 적이 없어요. 이젠 허락을 꼭 해줘야만 할 것 같군요.

앨저넌 오거스타 이모, 감사합니다.

브랙널 부인 세실리, 나에게 키스해도 좋아요!

세실리 (그녀에게 키스한다.) 브랙널 부인, 감사합니다.

브랙널 부인 앞으로는 너도 오거스타 이모라고 부르도록 해라.

세실리 감사합니다. 오거스타 이모.

브랙널 부인 내 생각엔 곧장 결혼식을 올리는 것이 더 좋을 것
　같구나.

앨저넌 감사합니다. 오거스타 이모.

세실리 감사합니다. 오거스타 이모.

브랙널 부인 솔직하게 말해서 난 약혼기간이 긴 것은 찬성하지
　않아. 그러면 결혼 전에 서로의 성격을 찾아낼 기회를 갖게
　되니, 전혀 바람직하지 않다고 생각하거든.

잭 브랙널 부인, 말씀을 끊게 되어 죄송하지만, 이 약혼은 논
　의조차 될 수 없습니다. 제가 카듀 양의 후견인이고, 성인이
　될 때까지 저의 허락 없이는 결혼할 수가 없거든요. 저는 절

대로 동의해줄 수 없습니다.

브랙널 부인 그 근거가 무엇인지 물어봐도 될까요? 나는 앨저넌
이 결혼상대로는 지극히 적당한 청년이라고 마음껏 내놓고
말할 수 있어요. 가진 것은 전혀 없지만, 모든 것을 가진 것
처럼 생겼잖아요. 그 이상 무엇을 더 바랄 수 있겠어요?

잭 브랙널 부인, 부인의 조카에 대해 솔직하게 말씀드려야만
하는 저로선 무척이나 괴롭습니다만 사실은 그의 도덕성을
전혀 인정할 수 없어요. 저는 그가 진실하지 않다고 생각합
니다. (앨저넌과 세실리는 분개하면서 놀란 눈으로 그를 쳐
다본다.)

브랙널 부인 진실하지 않다고요! 내 조카 앨저넌이? 있을 수 없
는 일이에요! 그는 옥스퍼드 대학 출신이에요.

잭 그 문제에 대해선 조금도 의심하지 않습니다. 오늘 오후에
런던에서 로맨스에 관한 중요한 문제로 제가 잠시 없는 동
안, 저 친구는 내 동생이라고 속이고 제 집에 들어왔습니다.
방금 전에 집사에게 보고를 받았는데, 그 가짜 이름으로 제
가 마시려고 특별히 보관하고 있던 페리에 주에 브뤼 89년산

포도주 1파인트 한 병을 다 마셨다고 하는군요. 부끄러운 사기 행각을 계속하면서 오후 내내 저의 유일한 피후견인의 감정을 혼란스럽게 하는데 성공했죠. 계속해서 차를 대접받으며 머물었고 머핀까지 다 먹어 치웠습니다. 그의 행위가 한층 더 냉혹하다는 건, 그가 처음부터 저에겐 동생이 없다는 것, 동생이 있어본 적이 없었다는 것, 어떤 식으로든 동생을 가지려는 의도조차 없다는 것을 모두 다 알고 있었다는 사실이죠. 어제 오후에 제가 분명하게 그렇게 말했거든요.

브랙널 부인 으흠! 워딩 씨, 곰곰이 생각해봤는데… 나는 조카의 행실을 모두 너그럽게 봐주기로 결정했어요.

잭 브랙널 부인, 정말 관대하시군요. 하지만 저의 결정도 바꿀 수 없습니다. 저는 허락하지 않겠습니다.

브랙널 부인 (세실리에게) 귀여운 아가, 이리로 좀 와봐라. (세실리가 간다.) 몇 살이지?

세실리 저, 사실 열여덟 살밖에 안됐지만, 저녁 파티에 갈 때는 언제나 스무 살이라고 인정하거든요.

브랙널 부인 나이를 약간 바꿔 말하는 건 무척 잘한 거야. 사실, 자기 나이를 아주 정확하게 말하는 여성은 없거든. 너무 빈틈없어 보이잖아… (곰곰이 생각하는 자세로) 열여덟 살인데 저녁 파티에서는 스무 살이라고 인정한다. 그래, 성인이 되고 후견의 속박에서 벗어나기까지 그리 오래 남지는 않았구나. 그렇다면 결국 후견인의 허락이 중요한 문제는 아니라고 생각해.

잭 브랙널 부인, 다시 말씀을 끊어서 정말 죄송합니다만, 카듀 양은 서른다섯 살이 될 때까지 법적으로 성인이 되지 않는다는 할아버지의 유언에 따라 말씀하시는 것이 옳습니다.

브랙널 부인 그것이 심각한 반대 이유가 될 것처럼 보이지는 않는군요. 서른다섯은 정말 매력적인 나이죠. 런던의 사교계는 자신의 자유로운 선택으로 여러 해 동안 서른다섯 살로 남아 있는 최고 가문의 여성들로 가득하거든요. 덤블턴 부인이 적절한 예가 되겠군요. 내가 아는 한, 그 부인은 지금으로부터 수년 전에 마흔 살이 된 이후로는 줄곧 서른다섯 살이었거든요. 난 우리의 어여쁜 세실리가 당신이 언급한 그 나이에도 현재보다 여전히 더 매력적일 수 없는 이유를 모르겠군요. 아주 많은 재산이 축적될 거잖아요.

세실리 앨지, 서른다섯 살이 될 때까지 기다려줄 수 있겠어요?

앨저넌 물론 그럴 수 있죠, 세실리. 내가 기다릴 수 있다는 건
       알잖아요.

세실리 그래요. 본능적으로 그렇게 느꼈지만 나는 그 시간을 기
       다릴 수 없어요. 난 5분이라도 누군가를 기다리는 건 싫어하
       거든요. 항상 기분이 나빠지거든요. 나도 내가 시간을 잘 지
       키지 못한다는 건 알지만, 다른 사람들이 시간을 정확히 지
       키는 것이 좋거든요. 그리고 결혼하기 위해서라 해도 기다리
       는 건 생각조차 할 수 없어요.

앨저넌 세실리, 그러면 어떻게 해야 할까요?

세실리 몽크리프 씨, 저도 모르겠어요.

브랙널 부인 친애하는 워딩 씨, 카듀 양이 서른다섯이 될 때까지
       기다릴 수는 없다고 명확하게 밝혔군요. 내가 보기엔 약간
       급한 성격을 드러내는 것으로 보인다는 말을 하지 않을 수가
       없군요. 당신의 결정을 다시 생각해보기를 부탁해야겠군요.

잭 친애하는 브랙널 부인, 이 문제는 전적으로 부인의 생각에 달려 있습니다. 저와 그웬덜린의 결혼을 허락하신다면, 저도 즉시 기쁜 마음으로 부인의 조카와 제 피후견인의 결혼을 허락하겠습니다.

브랙널 부인 (자리에서 일어나 꼿꼿한 자세로) 당신의 제안이 불가능하다는 것은 잘 알고 있을 텐데요.

잭 그렇다면 우리 모두가 예상할 수 있는 일이라곤 열정적인 독신생활뿐이 없지요.

브랙널 부인 그건 내가 그웬덜린에게 권장하는 운명은 아니에요. 물론 앨저넌은 그렇게 선택할 수 있겠지. (시계를 꺼낸다.) 가자, 애야. (그웬덜린이 일어선다.) 우린 벌써 기차 여섯 대는 아니어도, 다섯 대는 놓쳤겠다. 더 놓치게 되면 플랫폼에서 구설수에 오르게 될 거다.

채서블 박사가 들어온다.

채셔블 세례를 위한 모든 준비가 다 되었습니다.

브랙널 부인 아니, 세례라니요! 너무 서두르는 것 아닌가요?

채서블 (살짝 당황해서 잭과 앨저넌을 가리킨다) 이 신사들께서 빨리 세례를 받겠다고 하셨습니다.

브랙널 부인 저 나이에 말입니까? 그 생각은 정말 괴상하고 불경스럽군요! 앨저넌, 네가 세례받는 것을 허락하지 않겠다. 그런 지나친 행동에는 찬성할 수 없어. 브랙널 경께서 네가 시간과 돈을 그런 식으로 낭비하는 것을 알게 된다면, 엄청화를 내실 거다.

채서블 그렇다면, 오늘 오후에 세례식은 전부 없는 것으로 알고 있으면 될까요?

잭 지금의 상황으로 보아선 세례가 우리 두 사람에게 현실적인 쓸모가 있을 것 같지는 않군요, 채서블 박사님.

채서블 워딩 씨, 그런 취지의 말씀을 듣게 되니 마음이 아프군요. 재세례파의 이단적인 견해가 살짝 엿보이는군요. 그런 견해는 출간되지 않은 저의 설교들 중 네 편에서 완벽히 논

파했던 것이지요. 하지만 현재 두 분의 마음가짐이 특히 세속적인 것 같으니, 저는 즉시 성당으로 돌아가겠습니다. 사실, 프리즘 선생님이 지난 한 시간 반 동안이나 부속실에서 저를 기다리고 있다고 성당의 좌석 안내인이 알려줬거든요.

브랙널 부인 (깜짝 놀라) 프리즘이라고요! 지금 프리즘이라고 말씀하셨나요?

채서블 그렇습니다, 브랙널 부인. 지금 저는 그분을 만나러 가는 중입니다.

브랙널 부인 제발, 잠깐만 시간을 좀 내주시지요. 이 문제는 브랙널 경과 저에게는 지극히 중요한 문제가 될 것 같군요. 그 프리즘이란 사람이 교육과는 전혀 관계가 없는 혐오스러운 여성인가요?

채서블 (약간 화가 나서) 그분은 가장 교양이 넘치는 존경의 대상입니다.

브랙널 부인 동일한 인물이 확실하군요. 그녀가 박사님의 가정에서 어떤 신분인지 여쭤 봐도 될까요?

채서블 (단호하게) 부인, 저는 독신입니다.

잭 (끼어들면서) 브랙널 부인, 프리즘 선생님은 지난 3년 동안 카듀 양의 존경받는 가정교사이자 소중한 동반자였습니다.

브랙널 부인 여러 가지 말을 들었지만, 지금 당장 만나봐야겠어요. 사람을 보내 그녀를 불러주세요.

채서블 (눈을 돌리면서) 그분이 오고 있군요. 이제 가까이 오셨네요.

미스 프리즘이 황급히 들어온다.

미스 프리즘 박사님, 부속실에서 저를 만나겠다고 하셨잖아요. 그곳에서 1시간 45분이나 기다리고 있었답니다. (자신을 섬뜩한 눈초리로 뚫어져라 노려보고 있는 브랙널 부인을 발견한다. 미스 프리즘은 얼굴이 창백해지며 주춤거린다. 도망치고 싶은 것처럼 걱정스럽게 주위를 둘러본다.)

브랙널 부인 (엄숙하게 재판관 같은 목소리로) 프리즘! (미스 프리즘은 부끄러워하며 고개를 숙여 인사한다.) 프리즘, 이리 와라. (프리즘은 공손한 태도로 다가간다) 프리즘! 그 아기는 어디 있지? (모두 놀란다. 채서블은 기겁을 하며 뒷걸음 친다. 앨저넌과 잭은 세실리와 그웬덜린이 끔찍한 공개 추문을 자세히 듣지 못하도록 막으려고 애쓰는 몸짓을 한다.) 프리즘, 28년 전에 남자 아기가 타고 있는 유모차를 끌고 어퍼 그로브너 광장, 104번지 브랙널 경의 집을 나섰다가 다시는 돌아오지 않았지. 몇 주 후에 런던 시경의 면밀히 수사를 통해 한밤중에 베이스워터의 외딴 길모퉁이에서 유모차가 발견되었고. 유모차에는 통상보다 더 혐오스러운 감상을 담은 세 권짜리 소설의 원고가 들어 있었지. (미스 프리즘은 무심결에 분노하기 시작한다.) 하지만 아기는 없었어! (모두 다 미스 프리즘을 쳐다본다.) 프리즘! 대체 그 아기는 어디에 있는 거야?

잠시 침묵.

미스 프리즘 브랙널 부인, 부끄럽지만 저는 모릅니다. 저도 알았으면 좋겠어요. 그 일에 대해 솔직하게 말씀드리자면 이렇습니다. 부인께서 말씀하신 그 날, 제가 영원히 잊을 수 없는 그 날 아침에 저는 평소처럼 아기를 유모차에 태워 나갈 준비를 했어요. 조금 낡기는 했지만 큼지막한 핸드백도 챙겼지요. 가끔 한가한 시간이 날 때 써두었던 소설 원고를 넣어두려고 했던 것이었어요. 저 자신도 용서할 수 없는 일이었지만, 잠시 방심했던 순간에 원고를 아기침대에 넣고 아기는 핸드백에 넣게 되었어요.

잭 (주의 깊게 듣고 있다가) 그러면 그 핸드백은 어디에 놓았었나요?

미스 프리즘 워딩 씨, 저한테 묻지 말아주세요.

잭 프리즘 선생님, 이건 저한테는 매우 중요한 문제입니다. 아기가 들어 있던 핸드백을 어디다 놓았는지 반드시 알아야겠어요.

미스 프리즘 런던에 있는 큰 기차역들 중 한 곳의 수하물 보관소에 두었어요.

잭 어떤 기차역이었나요?

미스 프리즘 (무척 당황하며) 빅토리아 역이었어요. 브라이튼 노선이죠. (의자에 털썩 주저앉는다.)

잭 잠시 제 방에 가봐야겠어요. 그웬덜린, 여기서 기다려줘요.

그웬덜린 오래 걸리지만 않는다면, 평생 여기에서 당신을 기다 릴게요. (매우 흥분한 잭이 나간다.)

채서블 브랙널 부인, 이것이 대체 무슨 일이란 말입니까?

브랙널 부인 채서블 박사님, 저는 감히 의심조차 못하겠군요. 높은 신분의 가문에서는 기묘한 우연의 일치가 일어나지 않는 다고 말할 필요는 없을 것 같아요. 그 사람들은 그런 일을 거의 생각조차 하지 않거든요.

위층에서 누군가가 트렁크를 내던지고 있는 것 같은 시끄러운 소리가 들린다. 모두 위를 바라본다.

세실리 잭 아저씨가 이상하게 흥분하셨네요.

채서블 너의 후견인은 무척 감정적인 사람이구나.

브랙널 부인 이 소음은 무척이나 불쾌하군요. 마치 논쟁을 하고 있는 것처럼 들리는군요. 나는 논쟁이라면 다 싫어요. 언제나 저속하면서, 종종 설득력이 있거든요.

채서블 (위를 보며) 이제야 멈췄군요. (시끄러운 소리가 더욱 커진다.)

브랙널 부인 그가 어떤 식으로든 결론을 내렸으면 좋겠어요.

그웬덜린 긴장감이 엄청나군요. 저는 이 긴장감이 지속되면 좋겠어요. (잭이 검은 가죽 핸드백을 손에 들고 들어온다.)

잭 (미스 프리즘에게 달려들면서) 프리즘 선생님, 이것이 그 핸드백인가요? 말씀하시기 전에 꼼꼼히 살펴보세요. 당신의 대답에 따라 여러 사람의 행복이 결정됩니다.

미스 프리즘 (차분하게) 제 것인 것 같군요. 그래요, 지금보다 더 젊고 행복했던 시절에 가우어 가에서 승합마차가 뒤집어졌을 때 생긴 흠집이 여기에 있군요. 여기 안감에 있는 얼룩은 레밍톤에서 탄산음료가 폭발하면서 생긴 겁니다. 그리고 여기 자물쇠에는 저의 이니셜이 있군요. 터무니없는 분위기에 빠져 그곳에 이니셜을 새겼었다는 사실을 잊고 있었네요. 이 핸드백은 틀림없이 제 것이에요. 너무나도 뜻밖에 되찾게 되어 기쁘군요. 그동안 핸드백 없이 지내느라 매우 불편했었거든요.

잭 (애처로운 목소리로) 프리즘 선생님, 이 핸드백보다 더 소중한 것을 되찾으신 겁니다. 제가 바로 이 핸드백 속에 넣어두셨던 아기였거든요.

미스 프리즘 (놀라면서) 당신이?

잭 (그녀를 끌어안으며) 그렇습니다 … 어머니!

미스 프리즘 (깜짝 놀라 화난 얼굴로 뒤로 물러선다.) 워딩 씨! 저는 미혼이에요.

잭 미혼이라고요! 엄청나게 충격적인 일이라는 건 알겠습니다. 하지만 결국, 고통을 겪었던 사람에게 돌을 던질 권리가 과연 누구에게 있을까요? 참회로 어리석은 행위를 씻어버릴 수는 없다는 걸까요? 왜 남자에게 적용되는 법과 여자에게 적용되는 법이 따로 있어야 한다는 겁니까? 어머니, 저는 당신을 용서합니다. (그녀를 다시 끌어안으려 한다.)

미스 프리즘 (한층 더 화가 나서) 워딩 씨, 뭔가 오해가 있군요. (브랙널 부인을 가리키면서) 저 부인이 당신의 진짜 정체를 말해줄 수 있는 분이에요.

잭 (잠시 침묵 후에) 브랙널 부인, 꼬치꼬치 캐묻는 것처럼 보이는 건 질색이지만, 제가 누구인지 알려주시겠습니까?

브랙널 부인 자네에게 알려줄 소식이 자네를 전혀 즐겁게 해주진 않을 것 같군. 자네는 나의 불쌍한 동생 몽크리프 부인의 아들이지. 그러니까 앨저넌의 형이 되는 셈이지.

잭 제가 앨지의 형이라고요! 그렇다면 결국 저에게 동생이 있는 거였군요. 저는 동생이 있다는 걸 알고 있었어요! 항상 동생이 있다고 말했잖아요! 세실리, 어떻게 나에게 동생이 있다는 것을 의심할 수 있었지? (앨저넌의 손을 움켜잡는다) 채서블 박사님, 제 불운한 동생입니다. 프리즘 선생님, 저의 불운한 동생이에요. 그웬덜린, 나의 불운한 동생이에요. 앨지, 이 철없는 악당 같으니… 앞으론 존경하는 마음으로 나를 대해야 해. 지금까지 나에게 동생처럼 행동했던 적이 없었잖아.

앨저넌 그래, 형. 지금까지 그랬다는 건 인정할게. 하지만 비록
실천은 부족했어도 최선을 다했잖아.

악수를 한다.

그웬덜린 (잭에게) 내 사랑! 하지만 당신의 이름이 무엇인가요?
이제 다른 누군가가 됐는데, 당신의 세례명은 무엇인가요?

잭 이런, 맙소사! … 그 문제를 완전히 잊고 있었군요. 내 이름
에 대한 문제에서 당신의 결정은 취소가 안될 것 같은데, 그
런가요?

그웬덜린 저의 애정을 제외하곤, 절대 바뀌지 않을 거예요.

세실리 그웬덜린, 정말 고귀한 성품을 지녔군요!

잭 그렇다면 그 문제는 당장 해결하는 것이 좋겠군요. 오거스
타 이모, 잠깐만요. 프리즘 선생님이 핸드백 안에 저를 남겨
놓았을 때, 저는 세례를 받았었나요?

브랙널 부인　다정하고 사랑이 넘치는 너의 부모님은 세례식을 포함해 돈으로 살 수 있는 모든 사치품을 너에게 아낌없이 베풀었단다.

잭　그러면 세례를 받았군요! 그 문제는 해결되었네요. 자, 저는 어떤 이름을 받았나요? 최악의 경우라 할지라도 꼭 알아야겠어요.

브랙널 부인　장남이니까 당연히 아버지 이름을 따라 세례를 받았지.

잭　(초조해 하며) 그렇군요. 그러면 아버지의 세례명은 무엇이었죠?

브랙널 부인　(생각에 잠기며) 지금은 장군의 세례명이 기억나지 않는구나. 하지만 세례명이 있었던 건 분명해. 그분이 괴짜였다는 것도 인정해. 하지만 늙어서만 그랬었지. 그건 인도의 날씨와 결혼 그리고 소화불량과 같은 것들 때문에 그랬던 거야.

잭　앨지! 우리 아버지의 세례명을 기억해낼 수 있겠니?

앨저넌 형, 난 아버지와 이야기를 해본 적도 없어. 한 살이 되기
도 전에 돌아가셨거든.

잭 오거스타 이모, 그 시기의 군대 인명부에 아버지의 이름이
있지 않을까요?

브랙널 부인 장군은 가정생활을 빼고는 성품이 온화한 분이셨
다. 그 분의 이름은 분명히 군대 인명부에 있을 거야.

잭 지난 40년 동안의 군대 인명부가 여기 있어요. 이렇게 기쁨
을 주는 기록이라면 계속 들여다봤어야 하는 건데. (책꽂이
로 달려가 책들을 빼낸다.) M 항목의 장군들은… 말람, 맥
스봄, 매글리, 정말 무시무시한 이름들이로군. 마크비, 빅스
비, 몹스, 몽크리프! 1840년 중위, 대위, 중령, 대령, 1869년
장군, 세례명은 어니스트 존 (매우 조용히 책을 내려놓으며
대단히 차분하게 말한다.) 그웬덜린, 내 이름이 어니스트라
고 항상 말하지 않았나요? 아, 결국 어니스트였군요. 내 이
름은 당연히 어니스트라는 말이에요.

브랙널 부인 맞아, 이제야 장군을 어니스트라고 불렀던 것이 기

억나는구나. 내가 그 이름을 싫어하는 특별한 이유가 있을
거라고 생각했었거든.

그웬덜린 어니스트! 내 사랑 어니스트! 처음부터 당신의 이름이
다른 것일 수는 없다고 생각했어요!

잭 그웬덜린, 사는 동안 줄곧 진실만을 말했다는 사실을 갑자
기 알게 된다는 건 참 끔찍한 일이군요. 나를 용서해 줄 수
있겠어요?

그웬덜린 그럼요. 당신이 확실히 변할 것이라고 믿기 때문이죠.

잭 내 사랑!

재서블 (미스 프리즘에게) 라에티티아! (그녀를 포옹한다.)

미스 프리즘 (정열적으로) 프레더릭! 마침내!

앨저넌 세실리! (그녀를 포옹한다.) 마침내!

잭 그웬덜린! (그녀를 포옹한다.) 마침내!

브랙널 부인 조카야, 너는 마치 별일도 아닌 것처럼 보이려고 하
는구나.

잭 오거스타 이모, 정반대예요. 지금 내 인생에서 처음으로 진
지함의 중요성을 깨달았거든요.

등장인물 모두 액자 속의 그림처럼 동작을 멈추고 서 있다.

막이 내린다.

부록

- 오스카 와일드의 생애와 작품
- 이 작품에 등장하는 이름과 호칭들

세익스피어 이후 최고의 극작가,
자유로운 영혼의 소유자

오스카 와일드(Oscar Wilde 1854~1900)는 아일랜드 출신의 시인, 소설가, 극작가, 평론가이다. 더블린에서 태어났다. 아버지 윌리엄 와일드 경은 의사로 고고학과 민속학에 조예가 깊었으며, 어머니 제인 프랜시스카 엘지는 민족주의자 시인으로 유명했다. 와일드의 집은 당대의 유명한 문화계 인사들이 모여드는 살롱의 역할을 했던 장소였다.

더블린의 트리니티 칼리지와 옥스퍼드 대학에서 고대 그리스 고전을 공부하고 졸업했다. 대학시절에 시 《라벤나》(1878)로 뉴디게이트 문학상을 받고, 26살에 첫 희곡 《베라, 혹은 허무주의자》(1880)를, 27살에 61편의 시를 모은 《시집》(1881)을 출간했다.

고전학에서 뛰어난 재능을 보여 미국과 캐나다를 순회하며 '영

옥스퍼드 시절의 오스카 와일드.

국 예술의 르네상스'와 '유미주의'에 대해 열정적인 강연을 진행했다. 유미주의 경향을 유행시키기도 했으나, 한편으로는 희화화되거나 언론의 비판을 받기도 했다. 미국의 작가 헨리 제임스, 월터 휘트먼 등 당대 유명 작가들과 교류했으며 영국뿐만 아니라 국제적으로 유명한 인사가 되었다.

1888년 소설집 《행복한 왕자》, 《도리언 그레이의 초상》(1891)를 출간하면서 작가로서 명성을 얻기 시작했다.

1891년에 소설집 《아서 새빌 경의 범죄》와 《석류나무집》을 출간했는데, 비도덕적인 내용이라는 비난을 받았다. 그러나 오스카 와일드는 문학과 예술에 대한 에세이집 《예술가로서의 비평가》과

프랑스어로 집필된 시극 《살로메》의 영역본 삽화. 성경을 모독한다는 이유로 영국에서 상연이 금지되었다. 삽화는 데카당 예술을 대표하는 화가 오브리 비어즐리가 그렸다.

《사회주의에서의 인간 영혼》를 통해 자신의 예술은 도덕이나 정치와 상관없이 유미주의적 문학성을 강조한다고 역설했다.

오스카 와일드의 재능은 소설이나 시보다는 희곡 분야에서 두드러졌는데 《원더미어 부인의 부채》(1892), 《보잘 것 없는 여인》(1893), 《이상적인 남편》(1895)과 《진지함의 중요성》(1895)이 큰 성공을 거두면서 셰익스피어 이후 최고의 극작가라는 명성을 얻었다.

그러나 프랑스어로 집필된 시극 《살로메》는 성경을 모독한다는 이유로 런던에서 상연이 금지되었으며, 1894년 사라 베르나르에 의해 파리에서 초연되었다.

극작가로서 명성이 정점이었던 시기였으나 '퀸스베리 사건'*으

186

로 재판을 받게 되어 감옥에 수감되었으며 2년간 강제노역에 처해졌다. 출소한 그날 곧바로 프랑스로 건너갔으며, 경제적 파탄과 건강 악화로 1900년 파리의 한 호텔에서 쓸쓸하게 사망했다. 출감 후 시집《레딩 감옥의 노래》(1898)가 나왔으며, 사후에 편지 형식의 옥중기《심연으로부터》(1905)가 출간되었다.

*퀸스베리 후작에 의해 동성애 혐의로 고발당한 사건이다.

오스카 와일드와 유미주의

유미주의(唯美主義)란 19세기 중엽 실용주의 또는 산업화로 인한 기계주의를 반대하는 경향으로 나타난 미학적 관점이다. 예술은 윤리적, 정치적 기준에 의해 평가되어선 안되며, 예술의 목적을 아름다움의 창조로 삼기 때문에 탐미주의 또는 심미주의라고 부른다.

실용성 또는 도덕성 같은 목적에 휩쓸리지 않을 자율성을 갖출 것을 요구하는데, 이것은 18세기 독일의 철학자 임마누엘 칸트(Immanuel Kant 1724~1804)가 자신의 저서《판단력 비판》(1790)에서 미학적 기준을 도덕성, 실용성, 쾌락 등에 얽매이지 않는 자

옥스퍼드 대학시절 예술관에 큰 영향을 끼친 월터 페이터(좌)와 존 러스킨(우).

율성에 있음을 주장하면서 유미주의의 토대가 되었다. 특히 예술과 문학에서 '아름다움' 자체를 추구하기 때문에 '예술을 위한 예술'이라는 예술 지상주의를 가리키는 용어로 쓰인다.

독일의 괴테(Goethe), 영국의 새뮤얼 테일러 콜리지와 토머스 칼라일, 프랑스의 스탈(Stael)과 고티에(Gautier) 등에 의해 전파되었다. 이후 영국의 오스카 와일드, 미국의 포, 프랑스의 보들레르에 의해 유미주의는 크게 발전하였다.

오스카 와일드는 옥스퍼드 대학 시절 두 명의 교수 월터 페이터(Walter Pater)와 존 러스킨(John Ruskin)의 영향으로 유미주의에 심취한 것으로 알려져 있다. 자신을 '유미주의자'로 규정한 와일드는 화려한 옷차림, 격자무늬 재킷에 실크 셔츠, 광택 있는 모자와 부츠, 청금석 반지, 검은 비단 양말을 착용했으며, 놀라울 정도로 뛰어난 말솜씨로 런던 사회의 유명인사로 주목받았다. 그의 모습은 전통과 예절을 중시했던 빅토리아 시대에 파격적인 행보였다.

그의 재치 있는 말솜씨에 대한 일화 중에는 미국 입국 당시 세관에서 신고할 것이 있느냐고 물었을 때 '신고할 것은 내 천재성밖에 없다.'라고 한 것으로 유명하다.

오스카 와일드에게 삶에서 진정으로 추구해야 하는 것은 본질적인 아름다움이었다. 그는 스스로 '자신의 인생이 바로 예술작품'이라고 말했다고 한다. 그의 작품 곳곳에서도 이와 같은 유쾌한 말장난으로 기득권층을 조롱하며 빅토리아 시대의 사회적 위선과 병폐를 고발하고 있다.

소설 《행복한 왕자》의 마지막 장면에서 순금으로 빛나던 왕자의 조각상이 불쌍한 사람들을 위해 자신의 모든 것을 내어준 다음 납으로 된 심장만 남았을 때 사람들은 조각상을 끌어내리며 '이제 아름답지 않으니 쓸모도 없네'라고 말한다. 그러나 신은 '행복한 왕자는 내 황금도시에서 나를 찬양하게 할 것이다'라고 말한다. 마치 오스카 와일드가 자신의 미래를 예견한 듯한 이 소설은 지금까지도 세대를 아우르며 사랑받으며 그가 19세기 영국의 빅토리아 시대를 빛낸 천재였음을 증명하고 있다.

《진지함의 중요성》에 대하여

《진지함의 중요성(The Importance of Being Earnest)》은 오스카 와일드의 대표적인 희극이다. 영국 빅토리아 시대의 귀족 사회를 풍자한 이 작품은 공연에 성공함으로써 오스카 와일드에게 최고의 찬사와 부를 안겨 주었다. 오랫동안 공연되었으며 현재에 이르기까지 영화와 극으로 꾸준히 재연되고 있다.

'진지한 사람들을 위한 사소한 코미디'라는 부제가 달려 있는 이 작품은 1895년 런던의 세인트제임스 극장에서 초연되었다.

오스카 와일드의 특유의 재치있는 말장난이 두드러지는데 제목의 'earnest'와 발음이 같은 어니스트(Ernest)라는 이름의 남자 주인공이 등장한다. 그 외에 몇몇 등장인물들은 빅토리아 시대의 귀족 또는 상류층, 가정교사, 종교인이다.

이들은 당시의 부담스러운 사회적 의무감에서 벗어나기 위해 가상의 인물을 만들어 내고, 결과적으로 혼돈의 과정을 겪게 되는 익살스러운 희극이다. 그들의 대화를 통해 오스카 와일드는 자신이 속속들이 알고 있는 이들의 위선적인 실체와 관습을 날카롭게 풍자한다.

1923년 헤이마켓 극장 공연.

 줄거리는 비교적 가볍고 단순하여 당시의 연극과 달리 심각한
사회적, 정치적 문제를 다루지 않고 유머와 즐거움으로 청중들에
게 인기가 있었으며, 평단에서의 관심도 두드러졌다.
 그의 사후에 와일드의 작품 중에서 가장 중요한 작품으로 평가
받으면서 부단히 다시 읽히고 공연되고 있으며, 100주년이 되었
을 때 저널리스트 마크 로슨은 '햄릿 다음으로 가장 많이 알려지
고 인용되는 연극'이라고 소개했다.

Jack Worthing, J.P.: 잭 워딩 J.P.

Jack(잭) : 본문 속에서 언급되듯이 '가정에서 흔히 사용하는 것으로 유명한' 존(John)의 애칭이다. 배우인 잭 니콜슨의 본명은 존 니콜슨이며, 미국 대통령 존 F. 케네디를 가족과 친구들 사이에서는 잭이라고 불렀다. 가장 흔한 영국 이름이면서 상당한 지위가 있는 중산층을 암시한다.

Worthing(워딩) : 웨스트 서섹스 지역의 해안에 위치한 인기 있는 휴양도시다. 런던에서 브라이튼 노선을 통해 쉽게 접근할 수 있어 1800년대 후반에는 수많은 여행객들이 몰려들었다. 오스카 와일드는 워딩에 머물고 있을 때 이 작품을 집필했다.

J.P.(Justice of the Peace) : 지역의 치안판사. 지방의 상류층 신

사에게 주어졌던 지위로, 사소한 위반행위를 주로 다루었다. 전문적인 법률 지식이 필요하지 않았으며, 지역의 지주와 공동체 내의 신분을 근거로 부여되던 지위다.

Algernon Moncrieff: 앨저넌 몽크리프

Algernon(앨저넌) : 당대의 상류층에서 사용하던 영국 이름으로 프랑스어의 '콧수염mustached' 또는 '구레나룻whiskered'을 뜻하는 단어에서 파생되었다. 비록 부도덕하게 보일지라도 오랫동안 영국의 왕족과 관계를 맺어온 프랑스에서 유래한 이 단어는 은근히 계급을 암시한다. 또한 오스카 와일드 자신처럼 시인, 비평가, 극작가로 활동했으며, 방탕한 젊은 시절을 보낸 것으로 악명이 높았던 앨저넌 찰스 스윈번(1837~1909)을 가리키는 것일 수도 있다.

Moncrieff(몽크리프) : 1200년대부터 내려오는 스코틀랜드의 유서 깊은 가문으로, 셰익스피어의 〈맥베스〉의 던컨 왕과 관련이 있는 것으로 여겨진다.

Lady Bracknell: 브랙널 부인

Lady(귀부인, 숙녀) : 귀족과 지주 계급으로 구분하는 영국의 귀족체계에 따라 부여하는 호칭이다. 귀족의 칭호는 장남에게 전달되어 가계 내에서 유지된다(예를 들어, 아버지가 사망할 경우, 다른 형제가 없다면 그웬덜린의 오빠인 제럴드가 브랙널 경이 된다). 왕실이 아닌 가장 높은 계급은 공작duke이며, 그 다음은 후작marquess, 백작earl, 자작viscount, 남작baron이다.

그 이하의 작위는 세습되지 않는다. 각 계급마다 다른 호칭이 사용되었으며, 아내와 자녀 역시 그 계급에 따른 호칭을 사용했다. 아내가 '레이디Lady'라는 호칭으로 불리고 딸이 '명예로운 Honourable'이라는 호칭을 갖고 있는 사실을 고려하면 브랙널 경은 남작일 것으로 보인다.

Bracknell(브랙널) – 런던의 서쪽 버크셔에 위치한 도시로, '해리포터와 마법사의 돌'을 촬영한 곳으로 유명하다.

Hon. Gwendolen Fairfax: 그웬덜린 페어팩스

Hon.: '명예로운Honourable'의 줄임말이다. 아버지의 작위를 이어받은 그웬덜린의 명예 호칭으로, 자작과 남작의 딸에게 허용되었다.

Gwendolen(그웬덜린) : '흰색 또는 축복받은 반지'라는 뜻의

웨일스어 이름이다.

Fairfax(페어팩스) : '금발머리' 또는 '사랑스러운 땋은 머리'를 뜻하는 고대 영어(fæger + feax)에서 유래한 이름이다.

Lane, a manservant: 레인, 남자하인

Lane(레인) : 리처드 엘만Richard Ellmann이 집필한 〈오스카 와일드 전기〉에 따르면, 이 하인은 와일드의 작품 〈보잘 것 없는 여자〉, 〈윈더미어 부인의 부채〉 등을 발행한 출판업자인 존 레인 (John Lane, 1854~1925)의 이름을 따서 명명되었다고 한다.

manservant(하인) : 일반적으로 부유한 독신남성은 잡다한 집 안일에서부터 요리와 손님 접대까지 일상 업무를 처리하거나 도 와줄 하인을 두었다. 하인은 성(姓)으로만 불렸으며, 하인을 고용 한 사람은 사치세를 납부할 의무가 있었다.

Cecily Cardew: 세실리 카듀

Cecily(세실리) : 라틴어 카이쿠스(caecus, 눈 먼, 사리분별을 못하는)를 어원으로 하는 세실리아Cecilia에서 유래한 이름이다. 가톨릭에서는 많은 사람들을 세례와 신앙으로 이끌었으며, 신앙을 굽히지 않고 순교한 음악의 수호성인인 성 세실리아가 있다. 명문가 출신인 세실리아는 남편에게 자신의 순결을 빼앗는 대신 세례를 받고 하느님을 받아들이라고 설득했다. 그녀의 권유에 따라 세례를 받은 남편이 그의 형제를 설득했으며, 그 후 연속적으로 개종이 이루어졌다.

Cardew(카듀) : '검은 요새, 교역시장'이라는 뜻의 옛 이름인 커루Carew와 함께 사용되던 이름이다. 양모 제조와 관련된 용어인 '카딩carding'이 양모 가닥을 분리하고 곧게 펴는 작업인 것으로 미루어 카듀 집안의 가업을 짐작할 수 있다.

Laetitia Prism, a governess: 라에티티아 프리즘, 가정교사

Laetitia(라에티티아) : '기쁨' 또는 '행복'을 뜻하는 라틴어.

Prism(프리즘) : 프리즘은 표면을 통과하는 빛을 여러 색의 띠로 나누어 모든 물체를 왜곡하거나 재구성한다. 이 단어 자체는 그리스어로 '잘린 것'이라는 뜻이다.

governess(여자 가정교사) : 이 직업은 나이가 많든 적든 당시의 미혼여성이 선택할 수 있는 몇 안 되는 품위 있는 직업들 중

하나였다. 종종 부유한 가정에 거주하면서 사교육을 제공했다. 친부모보다 더 많은 시간을 아이들과 함께 생활하면서 교육을 담당하고 인생을 준비하는 동반자로서 여러 면에서 대리모 역할을 수행했다. 매우 선망 받는 지위였으며 대가족인 경우에는 오랫동안 지속될 수 있었다.

Canon Frederick Chasuble, D.D. : 사제 프레더릭 채서블. 신학박사

Canon(사제) : 영국 국교회에서 대성당과 관련된 미사와 집전 등의 직무를 수행하던 성직자이다.

Frederick(프레더릭) : '평화로운 통치자'라는 뜻을 지닌 독일어에서 파생된 이름이다. 프레더릭 니체와 그의 독일식 회의주의에 대한 언급일 수도 있고, 1858년 여왕의 딸인 빅토리아와 결혼한 독일의 프레더릭 3세를 암시하는 것일 수도 있다.

Chasuble(채서블) : 영국국교회 성직자치고는 다소 아이러니 하지만 그의 이름은 로마 가톨릭 사제들이 미사를 거행할 때 입는 주요 예복을 가리키는 명칭이다. 부분적으로는 와일드가 품고 있던 가톨릭에 대한 호감과 당시의 유행이 반영된 것이다.

D. D.(Doctor of Divinity) : 신학 박사. 이 학위는 옥스퍼드나 케임브리지 등 유수의 대학에서 공부한 후 취득할 수 있는데, 대개 학문적으로 유능한 귀족의 어린 아들이나 개인 재산이 없는 집안의 아들이 취득하는 경우가 많았다. 겸손하지만 존경받을 수 있고 안전한 삶을 위해 선택하는 직업이었으며, 교육받은 남성을 나타내지만 반드시 종교적 신념이 큰 사람은 아니었다.

Merriman, a butler: 메리맨, 집사

Merriman(메리맨) : 리처드 엘만의 〈오스카 와일드 전기〉에 따르면 이 집사는 원래 존 레인과 함께 일했던 출판업자인 엘킨 매튜스Elkin Mathews의 이름을 따서 매튜스라고 불렀던 것으로 알려져 있다(위의 레인 참조).

butler(집사) : 귀족의 집안에 꼭 필요한 하인인 집사가 있다는 것은 상당한 부와 지위를 나타낸다. 집사가 있는 가성에는 거의 언제나 하인들이 많이 고용되어 있었으며, 집사는 그들의 우두머리 역할을 했다. 한 집안의 많은 비밀을 알고 있는 집사는 무척 신중해야 하는 것으로 유명했다. 미스터리 작가들이 가장 좋아하는 캐릭터 유형이어서 집사를 다룬 소설작품들이 많이 있다.